8클래스 마법사의 회귀

WISHBOOKS FANTASY STORY

류송 판타지 장편소설

8클래스 마법사의 회귀 4

류송 판타지 장편소설

초판 1쇄 찍은 날 | 2017년 6월 20일
초판 1쇄 펴낸 날 | 2017년 6월 27일

지은이 | 류송
펴낸이 | 예경원

기획 | 위시북스
편집책임 | 박우진
편집 | 이즈플러스

펴낸곳 | 예원북스
등록번호 | 제396-2012-000132호
등록일자 | 2012. 7. 25
KFN | 제1-121호

주소 | 경기도 고양시 일산동구 호수로 646-24 위너스21 II 빌딩 206A호 (우)10401
전화 | 031-819-9431 팩스 | 031-817-9432
E-mail | yewonbooks@naver.com

ISBN 979-11-6098-319-7 04810
       979-11-6098-168-1 (set)

8클래스 마법사의 회귀

4

류송 판타지 장편소설

WISHBOOKS FANTASY STORY

Wish Books

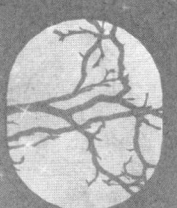

CONTENTS

1장
느림보 손님

"그것이, 남쪽 관문으로 웬 괴물이 접근하고 있다는 보고입니다. 통신 역참을 통해서 첫 보고가 들어왔고, 목격한 마을마다 사람을 보냈더군요."

"괴물이라니요?"

다짜고짜 무슨 괴물이란 말인가?

몬스터라도 출몰했다는 걸까?

"보고론 도마뱀 뼈 같은 언데드 종류의 괴물인 것 같습니다. 일단 느리고, 사람을 공격하지는 않는 것 같다고 합니다만…… 지금쯤 선발대가 대치 중에 있을 겁니다."

도마뱀 뼈가 두 발로 걷는다?

한 가지 짚이는 것이 있었다.

옛 상아탑 지하에서 봤던 괴물, 아니, 드래곤의 권속이라는 존재.

'그때 그 용아병?'

이안은 설명을 듣자마자 용아병부터 떠올랐다. 확신하기는 어렵지만, 보통 이러한 경우 예상 밖으로 벗어난 적이 없었다.

"정확한 위치가 어디죠?"

"황성 쪽으로 접근 중에 있습니다. 롤프 마을까지 넘어섰다고…….'

그 길로 성문을 나선 이안. 정확한 위치는 남부 관문에서 조금 떨어진 지점이었다. 이미 수많은 제국군과 마법사들이 남부 관문으로 이어지는 포장길 한복판에 진을 치고 있었고, 대형 그대로 조금씩 밀려나는 추세였다.

쾅! 콰앙! 쾅!

마법사들의 공격적인 마법이 괴물을 강타했다. 표현 그대로 '도마뱀의 뼈'를 가진 커다란 뼈 괴물이었다. 머리만 도마뱀의 두개골처럼 생겼을 뿐, 전체적인 몸뚱이는 인간의 것과 흡사했다.

"무, 무슨……!"

마법사들의 집중 공격에 눈 하나, 아니, 뼈마디 하나 흔들리지 않는 도마뱀 뼈 괴물. 마치 모든 타격을 '흡수'라도 하는 것 같았다. 그렇지 않고서야 저리 멀쩡할 수 있겠는가?

"말이 돼……?"

"꾸, 꿈쩍도 안 하잖아?"

마법사들이 동요하든 말든, 괴물은 어떠한 대응도 취하지 않았다. 그저 앞으로 나아갈 뿐이었다. 그 목적지는 제국의 수도, 그린리버디움인 것 같았다.

"아이스 월 준비!"

이안이 부재중인 이상, 몇몇 고위 마법사가 앞장서 선발대 마법사들을 통솔했다. 오직 저 난데없이 나타난 뼈 괴물의 진격을 막기 위하여 모든 역량을 쏟아내고 있었다.

"사방으로 펼쳐 놈을 가둔다!"

단단한 얼음의 장벽이 뼈 괴물을 중심으로 동, 서, 남, 북 모든 방향에 수 겹씩 펼쳐졌다. 놈은 이제 빠져나갈 틈조차 없는 상황, 한시름 놓아도 될까 싶었던 그때였다.

쿵!

얼음 장벽 전체가 쩌렁쩌렁 울리더니.

콰앙!

장벽이 박살 나는 소리가 안쪽으로부터 들려왔다.

쾅! 콰앙! 쾅!

그야말로 순식간에 뚫고 나왔다.

한 겹도 아닌, 여러 겹의 장벽을.

쿠웅!

공성 병기조차 부수기 힘든 장벽을 부수고 나온 뼈 괴물.

놈이 다시금 황성으로 나아갔다.

여전히 사람을 공격하진 않았다.

"대체 저런 괴물이 어디서……?"

중년의 고위 마법사 로난이 전의를 잃은 듯 중얼거렸다. 일평생 저런 몬스터는 처음 봤다. 마법사들의 집중 공격에도 흠집조차 나지 않는다. 단단한 얼음 장벽조차 놈의 진격을 막을 수 없다. 대체 어디서 굴러들어온 괴물이란 말인가?

"비키시오!"

마법사 부대가 잠시 소강상태에 접어들자, 뒤이어 제국군이 나섰다. 말을 탄 수십 명의 제국군 기수들이 넓게 두 갈래로 나뉘어 달려왔다. 그 사이로 여러 겹의 쇠사슬이 펼쳐져 있었는데, 뼈 괴물의 양쪽을 스쳐 가며 옭아맬 계획인 것 같았다. 무려 수십 마리의 전투마다. 진격을 멈춰볼 만도 했다.

"히이이이잉!"

하나 그 기대감도 잠시, 달리던 말들이 어느 순간 앞발을 들며 울어댔다. 달고 있던 쇠사슬이 뼈 괴물에게 걸쳐져 팽팽해진 탓이었다. 뿐인가? 오히려 질질 끌려가기까지 했다.

수십 마리의 전투마가, 뼈 괴물 단 한 마리에게 말이다.

"마, 말도 안 되는……."

그 광경에 선발대로 짜여 괴물을 맞이했던 상아탑의 마법사, 그리고 제국군들 모두가 당혹감에 물들었다. 오직 하나의 생각만을 떠올렸다.

"지원이 도착해야……."

공성 병기든, 더 많은 수의 마법사든, 적어도 선발대 인원만 가지곤 놈의 진격을 막아낼 도리가 없었다. 지금처럼 무의미한 공격을 반복하며 조금씩 물러나는 게 전부였으니까.

"선발대 전원, 물러나세요."

선발대에 무력감이 짙어지는 순간.

모두를 안도시키는 목소리가 들려왔다.

마나로 한껏 증폭된 목소리였다.

"탑주님……?"

그 어떤 지원보다도 압도적인 차이를 보여줄 존재, 제국의 가장 강력한 무기. 상아탑주 이안 페이지가 새하얀 유니콘과 함께 달려오고 있었다.

"탑주님, 늦으셨습니다!"

"전부 물러나! 상아탑주께서 오셨다!"

선발대의 환호와 함께 유니콘에서 내린 이안. 그가 커다란 뼈 괴물 앞에 섰다. 도마뱀과 흡사한 두개골에 창을 쥔 괴물, 예상했던 그대로였다.

'용아병.'

비록 옛 상아탑의 지하에서 봤을 때보다 커진 것 같았지만, 심지어 그 커져 버린 덩치만큼이나 강력해진 것 같았지만, 어찌 되었든 용아병이 분명했다. 아니, 정확히는…….

'빈껍데기라고 했지.'

당시 페어리 퀸의 설명으로는 저 모습이 빈껍데기라고 했다. 본체가 영혼이며, 행방을 알지 못한다고도 들었으니까.

'설마 복수라도 하러 왔나?'

제국의 수도 그린리버디움을 콕 집어 찾아온 이상, 원인은 두 가지밖에 없었다. 이안 자신이 그 원인이거나, 같은 권속인 페어리 퀸을 찾아왔거나.

'일단 막는다.'

당장 괴물의 진격부터 막아야 했다. 누구도 저 용아병 껍데기가 도시에 닿기를 원하지 않았다. 이안 역시 마찬가지였다. 엄청난 혼란이 발생하지 않겠는가?

'물리적인 힘이 먹히지 않는다면.'

이미 앞선 선발대의 대처를 보았다.

색다른 저지 방법이 필요했다.

"인탱글."

땅속 덩굴을 불러내는 인탱글 주문. 낮은 클래스의 주문이지만, 6클래스 마법사가 지닌 정수를 활용한다면 얘기가 달라진다. 이안이 새까만 지팡이로 바닥을 내려치자, 곧 압도적인 숫자의 덩굴이 지면 아래로부터 용솟음치듯 튀어나왔다. 마법에 익숙한 마법사들조차도 경악해 버릴 규모였다.

"저게 인탱글이 맞긴 맞아……?"

마법사들이 이럴 지던데, 상대적으로 익숙하지 못한 제국군은 어떻겠는가? 입만 쩍 벌린 채 이안의 마법 쇼를 감상할 뿐이었다. 마법사들이야 말이라도 꺼내지, 그들은 페럴라이즈 주문이라도 걸린 것처럼 굳어버렸다.

"잡아."

이안의 작은 한마디.

사람들은 듣지 못했을 그 한마디가 수만 갈래 덩굴에게는 똑똑히 전해졌다. 즉시 용아병의 빈껍데기를 바라봤고, 달려들었다. 뼈로 이루어진 놈의 팔, 다리, 목, 몸뚱이, 그리고 거대한 창대까지. 모조리 휘감아 버렸으니까.

우직! 우지직!

물론 그 수만 갈래 덩굴만 가지고는 턱없이 부족했다. 놈이 팔을 휘두르자 감겨 있던 덩굴들이 뿌리째 뽑혀 나올 정도였다. 실로 무지막지한 힘이었다. 옛 상아탑 지하에서 상대했을 때와는 근본부터 달랐다.

"소환술."

물론 이안의 수는 여기서 끝이 아니었다. 그가 침착하게 마법진을 그려냈다. 늑대 정령이나 유니콘, 살라만다를 소환할 때보다도 복잡해진 마법진, 그 안쪽으로부터 무언가가 소환되기 시작했다.

"땅의 정령, 노에스."

상급 땅의 정령 '노에스'.

그 흙빛 피부의 거인이 모습을 드러냈다.

결코, 용아병보다 떨어지지 않는 크기였다.

"노에스, 저놈 밑으로."

짧은 명령과 함께 노에스의 커다란 몸뚱이가 지면 아래로 스며들었다. 그로부터 몇 초나 지났을까? 덩굴을 찢거나 뽑아내던 용아병의 발 아래로 큼직한 손바닥이 튀어나왔다. 노에스의 구릿빛으로 물든 양쪽 손이었다.

"묻어."

이안의 명령은 역시나 짧았다.

그럼에도 역시나 알아듣는 노에스였다.

용아병의 양쪽 발목을 낚아채는가 싶더니.

쿵! 쿠웅! 쿠우웅!

바닥으로 끌고 내려가기 시작했다.

쑥쑥 처박혀 구덩이까지 생겨났다.

한 치의 망설임도, 막힘도 없었다.

구덩이 자체가 노에스의 의지.

완력이 아닌, 순리의 결과였다.

"……."

마법에 익숙한 마법사들마저 입이 벌어졌다. 저 광경을 보고 무슨 소리를 지껄일 수 있겠는가?

자신들의 마법으로는 단 몇 초조차 멈춰 세우지 못했던 뼈 괴물, 그 괴물을 순식간에 매장해 버렸다. 그야말로 더한 괴물이 나타난 거다.

"후우!"

한숨 큼직하게 고른 이안.

그가 구덩이 앞으로 다가갔다.

마무리를 짓기 위함이었다.

"씨 오브 라바."

이안이 구덩이 속으로 용암을 불러냈다.

용아병도 용암 속에서 버틸 수는 없으리라.

(페어리의…… 여왕…… 함께 있었던…… 인간인가?)

머릿속으로 울려 퍼지는 목소리.

페어리 퀸과 똑같은 방식이었다.

단지 여인의 목소리가 아닐 뿐.

중후하면서도 느릿한 목소리였다.

'……?'

이안이 황급하게 주문부터 거두었다.

그러고는 용아병의 얼굴을 살펴봤다.

구덩이 밖을 올려다보고 있는 용아병.

그의 옹이진 눈 뼈에 푸른빛이 고였다.

'영혼이 있다?'

옛 상아탑의 지하에서 용아병을 만났을 때, 페어리 퀸은 용아병의 눈부터 보았다. 분명 영혼이 없으니 뵈는 것도 없다며 마음껏 공격하라 했다.

그때는 텅 비었던 양쪽 눈 뼈가, 지금은 푸른빛의 안광을 살벌하게 뿜어내고 있었다.

"껍데기가 아닌 겁니까?"

몸을 낮춘 이안이 물었다. 사일런스 마법을 펼쳐두는 것도 잊지 않았다. 무형의 주문이며 방금까지 마나가 뿌려졌던 땅이다. 아무도 눈치챌 수 없었다.

(껍데기라…… 그렇게…… 말했나 보군……. 지금의 나는…… 빈껍데기가…… 아니다. 그분들의 방패…… 스파르토이라는 이름을…… 가졌지…….)

느릿느릿한 걸음과 참으로 잘 어울리는 말투. 문득 옛 상아탑의 지하에서 페어리 퀸이 내뱉었던 한마디가 떠올랐다. 빈껍데기라 답답한 목소리 안 들려서 좋다고 했던가?

'이래서 그런 거였군.'

자신도 모르게 고개를 끄덕거렸던 이안.

그가 용아병 '스파르토이'에게 말했다.

물어볼 것이 참으로 많았으나, 당장은 하나였다.

"여기까지 찾아온 이유가 뭡니까?"

그 까닭부터 물어야 했다.

이후의 선택을 위해서라도.

(페어리의…… 여왕을 만나러…… 왔다.)

"여왕을 말입니까?"

(이해하기 힘든…… 문제가…… 생겼다. 권속들과 상의하고…… 싶었으나…… 찾을 수 있는 자…… 그녀밖에…… 없

더군.)

거기까지 들은 이안이 곧장 주변부터 살폈다. 용아병에게 사정이 있다는 건 알겠다. 누구를 만나러 왔는지도 파악했다. 그래서 더 문제였다. 적이 아니었으니까.

'어떻게 빼내지?'

지켜보는 눈이 참으로 많았다.

곧 대규모 후발대까지 도착할 터.

이야기나 나누고 있을 상황이 아니란 거다.

"일단 페어리의 여왕을 만나러 오신 건 알겠습니다. 문제는, 방법이 틀렸다는 거죠. 이렇게 무작정 오시면 어찌합니까?"

(방법이…… 없었다.)

그래. 없었다니 없었던 거겠지.

하지만 계속 없어서도 아니 된다.

이 상황을 자연스레 타개할 방법.

이안에게는 보이지 않았으니까.

(하나 지금은…… 방법이…… 있을 것도…… 같군.)

"뭡니까? 그 방법."

(간단…… 하다.)

그 말을 끝으로 용아병은 움직이지 않았다. 대신 두개골로부터 푸른빛이 빠져나왔다. 안광도 사라졌다. 영혼이 본체라고 하더니만, 껍데기에서 빠져나온 모양이었다.

(처리…… 하여라. 저것은 빈…… 껍데기…… 그대의……

마법으로도 훼손…… 시킬 수…… 있으니.)

약화된 빈껍데기를 처리함으로서 사태부터 종결시켜라. 용아병의 말은 그러한 뜻이었다. 생각보다 똑똑한 존재였다. 지나칠 정도로 느린 말투에 비하자면 더더욱.

"씨 오브 라바."

이안은 용암의 물결을 불러내 구덩이 속으로 흘려보냈다. 초고열의 용암이 구덩이를 가득 채울 무렵, 고위 마법사 데커드를 필두로 한 대규모 후발대가 도착했다.

"어찌 된 게요? 그 괴물은?"

후발대의 통솔을 맡은 데커드.

그가 우두커니 선 로난에게 물었다.

"아무래도…… 끝난 것 같소."

"뭐요? 어떻게?"

"저기, 탑주께서……."

데커드가 상황을 살폈다.

거대하고도 깊어 보이는 구덩이.

그 속으로부터 피어오르는 연기.

아마 저 속에 괴물이 빠졌을 터.

"허어……."

노법사 데커드는 상황을 직접 보지 못하였다. 그렇기에 탑주가 직접 해결했구나, 그저 그 정도로만 여겼다. 하나 직접 본 로난, 그리고 선발대의 사람들은 달랐다.

6클래스 마법사가 지닌 압도적 힘의 차이, 그 진정한 능력을 두 눈으로 목격했으니까.

"생각했던 것보다 더…… 괴물이군."

로난의 얼빠진 중얼거림에.

"괴물이라니? 그 괴물 말이오?"

데커드가 의아함을 느끼며 물었다.

"아니, 탑주. 우리들의 새로운 수장 말이오."

고개를 저으며 대답하는 로난.

그 목소리에 경악스러움이 묻어났다.

측정치와 기록으로만 접해본 6클래스.

그리고 방금 두 눈으로 목도한 6클래스.

감히 무어라 표현할 수 있을까?

그 엄청난 간극의 차이를.

"상아탑주가 어느 정도인지, 이제야 감이 조금 잡히는 것 같소. 분명 일부만을 보여줬을 터인데, 저런 힘이라니……."

뛰어난 경지를 본다면 닿고 싶은 욕구가 생기는 법이다. 특히 로난은 고위 마법사다. 마법사 중에도 천재로 분류되는 존재 아니겠는가? 한데 그 천재조차 아득함만 느껴질 뿐이었다. 일말의 호승심도, 닿고 싶다는 욕구도 일어나지 않았다. 진심으로.

"데커드 공."

"듣고 있소."

"어지간하면…… 따릅시다."

"무슨 말씀을 하시는 게요?"

밑도 끝도 없는 로난의 제안.

그 제안에 담긴 뜻은 간단했다.

"앞으로 상아탑주가 행하고자 하는 모든 것, 웬만하면 따르자는 얘깁니다. 그는 아무래도…… 인간을 넘어선 것 같으니."

인외의 경지.

로난의 눈에는 그렇게 보였다.

상아탑주, 이안 페이지가.

남부 관문 바깥에서 벌어졌던 소동은, 새로운 상아탑주 '이안 페이지'의 화려한 데뷔전으로 일단락되었다. 황제 테리 그린리버의 명으로 괴물에 관한 대대적인 조사가 실행되기는 했으나, 얻어낼 수 있는 건 아무것도 없었다.

(이 답답이는 도대체 왜 온 거야?)

(나도 처음부터…… 자네를 찾고자…… 했던 것은…….)

(아우! 답답해. 답답해!)

그 본체나 마찬가지인 푸른빛의 영혼이 이안과 함께 있었으니까. 용아병 '스파르토이'의 영혼과 페어리 퀸이 뜻밖의 회포를 풀었다.

아니, 회포라기보다는 싸움에 가까웠다. 서로가 썩 반가움을 느끼지 못하는 것 같았다.

"그래서."

두 사람의 말다툼을 멈춰낸 이안.

그가 용아병 스파르토이에게 물었다.

"상의하실 문제가 무엇입니까?"

여유가 생겼으니 얘기부터 들어볼 차례였다. 이안 역시 답답한 말투를 즐기는 편이 아니었으나, 그래도 참아줄 만했다.

(나는…… 그분들께서 자취를 감추신…… 그 순간으로부터 쭉…… 깊은 잠에 빠져 있었다. 깨어난 건 얼마…… 되지 않았지.)

(말 좀 빨리하라고! 빨리!)

"여왕님은 조용히."

조용히 하라면 조용히 할 수밖에 없는 페어리 퀸의 운명.

그녀가 억울한 듯 양쪽 볼을 부풀리며 탁자 위에 돌아 누워버렸다. 그래 봐야 용아병의 이야기는 들릴 테지만.

(육신…… 그대들의…… 표현으로는 빈껍데기……. 그 껍데기는 오직 나만의 의지로…… 만들어진다. 설령…… 그분들이라 할지라도…… 나의 껍데기를 만드는 것은…… 불가능한 일이지. 한데…….)

가뜩이나 느린 말투의 용아병.

거기다 말문까지 자주 멈춘다.

말하는 게 무척 힘들어 보였다.

(깨어나는 순간부터…… 감지할 수…… 있었다.)

"뭘 감지하셨죠?"

(내가…… 만들어낸 기억이 없는…… 육신을.)

용아병의 얘기는 이러했다.

절대 본인이 만든 바 없었던 육신,

그 빈껍데기가 감지되었다는 얘기였다.

수백 년간의 잠에서 깨어나자마자.

(그 지하에…… 조각난 육신을 찾아…… 깃든 기억을……
읽어보았다……. 어떤 존재가 나의 육신을…… 만들었는
지…… 왜 그곳에 있는 것인지…… 보이지는 않으나……
대신 그대와…… 페어리 여왕의 모습을…… 보았다.)

옛 상아탑 지하의 '조각난 육신'.

이안의 마법에 박살 난 그 껍데기였다.

(다른 권속들의…… 행방을 모르기에…… 하는 수 없이 여
왕의 더스트…… 그 기운을 따라…… 여기까지 오게 되었다.)

"왜 영혼의 모습으로 오지 않으셨습니까?"

(더스트의 기운을…… 감지하기 위해서였다. 추격은 육신
이 있어야…… 가능한 일……. 소란을 피운 것은 사과……
하도록 하지. 그래도 인간들을…… 해치지는 않았다.)

"그건 압니다. 감사드리고 있습니다."

페어리 퀸과는 다르게 인간에 대한 존중을 지닌 용아병 스

파르토이였다.

존중이 아닌 다른 감정일 수도 있겠다만, 걸리적거린다며 해치지 않은 것으로도 다행이리라.

"정리하자면, 용아병께서 스스로 만들지 않은 육신. 그 육신이 느껴졌고, 그 육신의 기억으로부터 저와 여왕님을 봤다. 그 길로 여왕의 더스트가 뿌려진 방향을 감지하며 여기까지 오게 된 거다. 문제를 상의하기 위해서. 맞습니까?"

(그러…… 하다.)

이안은 용아병의 상황부터 정리해냈다. 그렇다고 해답까지 알 수 있는 건 아니었다.

당장 용아병의 이름이 '스파르토이'란 사실조차 처음 알았거늘, 무얼 더 알겠는가?

"여왕께서는 짐작 가는 바가 있으십니까?"

(흐응, 글쎄다. 착각한 게 아니겠느냐? 저놈 몸뚱이를 누가 만들었겠어? 그분들께서도 불가능하신 일인데. 골통이 텅텅 비었다 보니 기억력도 따라간 모양이로다.)

실로 도움이 안 되는 그녀였다.

"먼 길 오셨는데, 도움 될 이야기는 드리지 못하겠군요."

(괜찮다……. 그대가 모르는 것은…… 당연한 일……. 폐어리의 여왕이 무지한 것 역시…… 당연한 일이니.)

(뭐라고? 이 골바가지가!)

"여왕님. 조용히."

(왜 자꾸 나한테만……!)

다시금 조용해진 페어리 퀸.

이안의 목소리가 계속 이어졌다.

"도움은 모르겠습니다만, 당장 말씀드릴 수 있는 건 이겁니다. 그 육신이 있었던 곳에는 마법을 하나 얻었죠."

(마법……?)

"보여드려도 되겠습니까?"

이안은 용아병의 의사부터 물어봤다.

마법의 효과를 알기에, 이후 할 말이 없도록 장치하나 마련해두는 셈이었다. 페어리 퀸의 돌아누운 어깨가 조금 들썩거렸다.

(보여…… 다오.)

"이런 마법입니다."

이안이 '권속의 주문'을 외웠다.

동시에 황금빛 마나가 뿜어졌다.

(설마……?)

"권속의 힘이라 하더군요."

(권속의…… 힘…….)

용아병이 잠시간 말을 멈췄다. 한 줌의 빛으로 이루어진 영혼이었지만, 무언가 가늠하고 있다는 게 느껴졌다.

(과연…… 그대에게서 느껴지는…… 힘. 그분들의 권능과…… 동일하다……. 그것이 바로…… 권속의…… 힘이겠지.)

페어리 퀸이 그랬던 것처럼, 용아병 스파르토이도 이안에 게서 느껴지는 강압적인 힘을 느꼈다. 즉, 그 또한 이안의 권속이 되어버렸다는 얘기였다.

(이래서…… 페어리의 여왕이…… 그대의 말이라면…… 저항조차 하지…… 못하는 것이었나?)

계속해서 말문을 이어가는 용아병.

짐짓 깨달음이 느껴지는 목소리였다.

물론 여전히 느림보 거북이였지만.

(그분들의 권능이…… 주어졌다는 것은…… 무언가 큰 뜻이 있을 터…… 나는 제대로…… 찾아온 것 같군.)

"뭔가 짚이는 점이라도 있으십니까?"

(아니다. 그분들의 뜻은…… 헤아릴 수 없지……. 다만 따를 뿐……. 그분들의 종이자…… 방패이자…… 수문장이자…… 권속으로서…….)

다만 페어리 퀸과 달리, 용아병은 작금의 상황을 빠르게 인정해 버렸다.

인간이 어째서 드래곤의 권능을 가졌는지 의심조차 없었다. 심지어 깨어난 이후 겪었던 육신에 관한 혼란까지 '그분들의 뜻'이라는 하나의 결론으로 귀결시켰다.

'속 편해서 좋네.'

느릿한 말투와 어울리는 느긋한 태도였다. 용아병, 그리고 페어리 퀸. 같은 권속인데도 어찌 저리 다를 수가 있을까?

(그 자존심 높은…… 페어리들의 여왕께서…… 인간의 수족처럼 살고 있었다니…… 볼만한 광경이로고.)

(네놈도 이제 마찬가지거든?)

(나는…… 그분들의 뜻을…… 존중하기에 아무런…… 불만도 없다네. 하지만 자네는…… 아까부터 보아하니…… 많은 것 같더군. 불만이…….)

(인간! 이놈한테 말이나 좀 빨리하라고 명령해 보아라! 너에게도 이롭지 않겠느냐? 귀가 달렸다면 말이다! 어서!)

두 권속의 말다툼을 보고 있자니, 이안은 새삼 별거 없단 생각이 들었다.

좀 더 표현의 수위를 높여보자면, 그래. 수준이 낮다. 저 모습만 봐도 느껴지지 않는가?

'지닌 힘은 진짜라는 게 문제다만.'

비록 수준 낮은 말싸움이나 벌이고 있다지만, 저들이 가진 힘만큼은 결코, 낮지 않았다.

영혼이 깃든 완전체 용아병의 위용은 이미 북부 관문에서 지켜보았다.

마법사 부대의 공격을 그대로 흡수해 버림은 물론, 무지막지한 힘까지 자랑했다. 아마 계속 싸워야 했다면, 이안도 승리를 장담할 순 없었을 거다.

'그 드래고니안도 나와 비슷하거나, 더 강할 거라 했지.'

모든 권속들의 힘은 비슷한 경지일 터.

페어리 퀸 또한 6클래스 상당의 번개 마법을 펼치는 존재다. 개인으로만 따져도 강했지만. 그녀의 진정한 힘은 '일족'이다.

수백 마리의 페어리 일족을 이끌지 않던가? 쪽수엔 장사 없다.

'전생과는 달라졌다. 많은 것들이.'

전생에는 이토록 강한 존재들이 이안의 삶에 끼어든 바가 없었다.

페어리 퀸이야 용언 연구 과정에서 직접 찾아갔고, 다른 드래곤의 권속을 보거나 들어본 것은 이번 생이 첫 번째였다.

'이번 생에는 자꾸만 엮여가고 있어.'

용언을 연구했기 때문일까?

용언을 사용했기 때문일까?

'시간을 되돌린 부작용일까.'

용언이든, 시간의 역행이든, 열어선 아니 되는 상자.

그런 상자를 열어버린 느낌이 들었다.

'앞으로 계속, 많은 것들이 바뀌겠지.'

저번 생과 이번 생의 간극.

그 차이가 점점 더 멀어져 갔다.

'더 많은 것들과 엮일 테고.'

이 흐름이라면 장담할 수 있었다.

전생에 없었던 권속들과의 인연.

큰 폭으로 넓어진 용언 이해도.

얼떨결에 얻게 된 권속의 힘.

환술 속 기이한 남자까지.

'……이래서 조급했던 건가.'

이안은 지금에 와서야 깨달았다.

최근 들어 느꼈던 불만족스러움.

더뎌진 성장세에 대한 조급함.

그 감정적 기복의 원인을.

이전까진 그랬다. 조급함을 느끼면서도, 왜 조급한지 이해할 수 없었다.

전 상아탑주 허버트는 소멸하였으며, 라그나르 역시 날개를 잃었다. 조급할 이유가 전혀 없다는 얘기다. 느긋하게 2, 3년 정도 기다리면 마나 하트의 성장이 끝날 테니까.

'더 강한 존재들이 수두룩해. 실존했던 드래곤들, 그 드래곤의 권속이란 존재들, 환술 속 남자까지. 심지어 내 삶에 개입하고 있어.'

원인은 바로 그것이었다.

이안의 삶에 끼어드는 존재들.

이안만큼 강하거나, 더 강한 자들.

그런 존재들이 천지에 존재하는 이상.

'여기서 성장을 멈출 수는 없다.'

확실한 건 결국 하나였다.

이 속도로는 어림조차 없다.

지금보다 더 강해져야만 한다. 아니, 전생보다도 강해져야 한다.

'내가 너무 안일했어.'

마냥 드래고니안의 정보를 얻어내고.

마냥 엘릭서의 제작만을 기다리고.

마냥 엘릭서의 효과만을 바라고.

과연 그것이 전부일까?

지금 당장 할 수 있는?

'회귀자라는 이점에 가둔 거야. 스스로를.'

수준 높은 마법적 지식들.

자신만의 독특한 마나 호흡.

엘릭서, 아티팩트의 도움 등.

이안은 전생의 기억에 의존하며 빠른 길만 택해왔다. 그 결과 육신의 성장이 마법적 성장을 따라가지 못하는 벽에 부딪혔음에도, 여전히 엘릭서의 도움만 바랐다.

'나는 8클래스를 이룬 마법사가 아니다.'

이안은 근본적인 문제를 잊고 있었다. 용언과 함께 시간을 거슬러 올라왔다.

전생의 이안 페이지가 현재의 생으로?

아니, 표현 그대로 어려져버렸다.

42세의 8클래스 마법사가 아닌, 18세의 6클래스 마법사로.

전생의 몸이 아니라는 거다.

'아직 도달하지 못한 경지일 뿐.'

전생이란 다른 세상일 뿐이다.

어쩌면 허상일지도 모른다.

이안은 현재를 사는 자.

그것이 중요했다.

'현재만의 문제는, 현재만의 기억으로.'

마나 하트의 성장은 미지의 영역.

전생 따위 아무런 소용도 없었다.

극적으로 6클래스에 도달했을 때. 당시를 되짚어보는 이
안이었다.

'대초원에서, 거의 죽을 뻔했었지.'

어마어마한 머릿수의 몬스터로부터 빠져나오면서, 이안은
그야말로 모든 것을 쏟아부었다.

마나, 근본적인 체력, 정신력까지. 3일간 빈사 상태에 빠
질 정도로.

'육신은 쓰면 쓸수록 성장하는 법.'

마나 하트도 그런 걸까?

고려해 본 바가 있긴 있었다. 단지 비효율적이며 장담할
수 없는 방법이라 판단했을 뿐.

한데 지금에 와서 떠올려 보니, 불가능한 일도 아닌 것 같

았다.

'수련다운 수련.'

스스로를 극한까지 몰아붙이는 수련!

대체 얼마 만에 떠올려 본 단어일까?

오묘한 기분이 드는 이안이었다.

'충분히 시도해 볼 만하다.'

얼마 전까지만 해도 불가능했다. 사방에 적이 수두룩했으니까.

하지만 지금은 가능하다.

'오히려 지금이니까.'

이안에게 주어진 기회일지도 모른다.

적은 희미하며, 아군은 뚜렷한 상황.

얼마나 지속될지는 알 수 없지만, 적어도 얼마간의 여유가 주어졌다.

"스파르토이 님."

결심이 확고하게 굳어진 이안.

그가 나지막한 목소리로 용아병을 불렀다.

(어찌…… 부르는가?)

이안의 부름에 용아병은 페어리 퀸과의 입씨름을 멈추고 응답했다. 권속의 힘이 적용된 이상, 대화를 거부할 권리조차 없었다.

"이번에 보니, 영혼이 깃든 육신은 고강한 힘을 가지셨더군요. 공격적인 마법도 소용이 없었고, 충격 자체를 아예 흡수하시는 것처럼 보였는데, 제 짐작이 맞습니까?"

(물론이다. 나는…… 그분들의 방패이자…… 그분들의 영역을 지키는 문지기로서…… 불굴의 육신과 정신을…… 가졌지.)

(불굴의 육신은 무슨! 번개 한 방이면 쪼개질 뼈다귀가.)

이안도, 용아병도 이제 페어리 퀸의 땍땍거림은 가볍게 무시한 채 대화를 이어나갔다.

"혹시 제 공격 마법도 버티실 수 있을까요?"

(그대의 수준이라면…… 크게 어렵지는 않을 것…… 같군.)

이안의 공격 마법은 어렵지 않다.

실로 자존심이 상하는 얘기였다.

그럼에도 인정할 수밖에 없었다.

이미 한 번 붙어봤으니까.

"한 가지 더, 용아병께서도 고통을 느끼십니까?"

(나는 그것이…… 무엇인지조차…… 모르네.)

살짝 허세가 느껴지는 용아병의 어조.

확인해 보면 금방 알게 될 일이다.

"앞으로 부탁드릴 것이 있습니다."

이안이 두 눈을 반짝였다.

수련다운 수련으로 한계를 돌파해 낸다.

간단하지만, 이안에게는 어려웠던 발상.

그 목표와 함께 바삐 움직였다.

이안도, 덩달아 상아탑까지도.

왜 상아탑까지 바빠졌느냐?

"휴가 냅니다."

"네? 갑자기 무슨……."

"지금부터 대초원 토벌이 시작되는 반년 후까지, 탑주의 권한을 여기 계신 로난 님과 데커드 님께 임시적으로 일임하도록 하겠습니다. 상아탑의 고위 마법사 중 가장 큰 어른이신 두 분이니, 문제 될 일은 없을 겁니다. 아마도."

이안이 휴가를 내버렸으니까.

그 사유는 더더욱 가관이었다.

이름하여 '폐관 수련'이란다.

전 상아탑주 허버트 레온이 흑마법에 집중하고자 휴가를 냈던 것처럼, 이안 역시 마나 하트의 성장에 집중하기 위하여 휴가를 내버린 거다.

탑주로서의 업무조차 로난과 데커드라는 고참 마법사 둘에게 떠넘겨 버렸다.

"그럼."

상아탑주로 등극한 지 얼마나 되었다고, 돌연 휴가를 내버린 젊은 탑주 이안 페이지의 다음 행선지는 '황궁'이었다.

상아탑주에게는 달마다 한 번씩, 황제와 독대를 할 수 있는 권한이 주어지는데, 특별한 사유가 없다면 황제조차 거부할 수 없었다.

"새로운 상아탑주와의 첫 번째 독대로군. 그래, 어떠한 사안을 상의하고자 발걸음을 하셨소? 탑주."

탑주의 권한을 화끈하게 사용해 버린 이안, 그가 황제를 단독으로 알현했다.

상대가 현명하고 날카로운 존재이니만큼 여전히 긴장되는 자리, 그럼에도 예전과는 달랐다. 원하는 바를 확실하게 가져왔고, 거침없이 내뱉었다.

"감히 폐하께 부탁드릴 것이 있사옵니다."

"부탁이라, 6년 만이로군. 말씀해 보게."

"땅이 필요하옵니다."

"땅이라?"

"정확히는, 버려진 땅을 원하옵니다.

이안이 가장 먼저 물색한 것은 '적당한 장소'였다. 6클래스의 마법을 미친 듯이 쏟아내도 괜찮을 장소가 필요했으니까. 넓고 버려진 땅이라면 더할 나위 없으리라.

"자네 정도의 마법사가 마법을 펼친다면, 제아무리 버려진 땅이라 한들 남아나지 않을 것 같은데 말이지."

"그 점은 염려하지 않으셔도 되옵니다. 마법의 직접적인 타격까지는 대부분 흡수할 수 있는 방법이 있습니다. 단지, 그 여파가 닿아도 문제없을 땅이 필요합니다."

물론 그 타격을 흡수해낼 방법이 '용아병 스파르토이'란 사실은 얘기하지 않았다.

"으음."

이안의 자초지종을 들어본 황제가 고민에 빠졌다.

"그러한 용도로 사용해도 괜찮을 땅, 마땅한 곳이 있긴 있군. 가깝기도 가깝지. 그리 멀지 않으니까. 본래는 마을이었는데, 이름이…… 십자로 마을이었던가?"

수십 년 전까지만 해도 '십자로'라는 이름의 마을이 존재했던 땅, 하나 지금에 이르러서는 화전 농업이 휩쓸고 간 자리인지라 풀 한 포기 자라지 않는 땅, 수도에서도 멀지 않은 서남쪽에 자리 잡은 땅.

이안은 그 척박한 땅을 황제로부터 하사받았다.

'생각보다 수월하군.'

휴가를 내고부터 수련장으로 사용할 만한 땅을 받아내기까지. 한번 마음먹고 행동에 나서자 정말이지 일사천리였다.

그만큼 의욕적이었으며, 설레기까지 했다.

'진즉 이렇게 했어야 하는 건데.'

시간을 거슬러 올라온 이래, 이만큼 순수하게 의욕적이었던 순간이 있었던가? 없었던 것 같다. 항상 전생의 기억과 더불어 빠르고 편한 길, 상황의 계산만 반복하며 살아왔다.

극소수의 가치를 제외하고는 삶의 초점이 그렇게 맞춰져 있었다.

'이런 것도 나쁘지 않아.'

이안의 행보는 좀처럼 멈추는 법을 몰랐다.

용아병 스파르토이의 영혼과 함께 하사받은 서남쪽의 땅, '옛 십자로 마을의 터'로 직행했다.

오늘부터 당장 시작하기 위함이었다. 마나 하트의 성장에 박차를 가할 수련을.

(죽어버린…… 땅이로군.)

도착한 옛 십자로 마을의 터는 척박함으로 가득했다.

오죽하면 용아병조차 한마디씩 거들겠는가? 현재에 이르러선 중심 영토 내 화전 농업이 금지되었지만, 예전에는 그렇지가 않았다. 그 폐해를 직격으로 받은 땅이었다.

(내가 무엇을…… 도와주면 되는가?)

"잠시만, 먼저 해둘 것이 있습니다."

이안이 주변을 둘러보았다.

탁 트여도 너무 탁 트였다. 물론, 인적이 드문 땅이다.

그래도 조심해서 나쁠 건 없다.

'적당히 가려야겠지.'

이안이 검은 흙으로 가득한 대지 위에 오른쪽 손바닥을 얹었다. 동시에 주문 하나를 외우기 시작했다.

"어스 월."

그러자 바닥으로부터 흙의 장벽이 일어나기 시작했다.

그 규모는 이안이 피에릭 영지에서 펼쳤던 얼음 장벽보다 높이만 낮을 뿐, 길이는 훨씬 길었는데, 심지어 일직선조차 아니었다.

"흐음……."

흙의 장벽은 네모난 모양으로 펼쳐졌다.

장벽 안에 이안이 갇혀 버린 모양새였다.

"괜찮네."

그야말로 사각의 수련장.

더할 나위 없이 완벽했다.

누구도 내부를 살필 수 없었다.

"이제 빈껍…… 아니, 육신을 좀 보여주시겠습니까?"

(나의 뼛조각은…… 가져왔는가?)

"물론입니다. 여기."

용아병 스파르토이는 자신의 육신을 구성하는 조건으로 '용의 뼛조각'이 필요하다고 했다.

미리 알려줬으면 좋았겠으나, 뒤늦게 알려준 탓에 남부 관문의 조사 현장에서 몰래 찾아와야만 했다.

'설마 용암 속에서도 멀쩡할 줄은.'

용아병의 뼈는 멀쩡했다. 굳어버린 용암 속에 본래의 모습 그대로 보존되어 있었으니까. 실로 엄청난 강도였다.

(이제 그 뼛조각을…… 심어주게.)

"그냥 심기만 하면 됩니까?"

(그렇…… 다네.)

용아병 스파르토이의 요청에 따라 뼛조각 하나를 흙바닥에 묻어준 이안. 그러자 용아병의 푸른빛 영혼 역시 그 바닥 속으로 이끌리듯 스며들어 갔다.

쿠구구구구……!

그렇게 얼마나 기다렸을까?

이안의 두 발아래로부터 커다란 진동이 느껴졌다.

촤악!

가장 먼저 모습을 드러낸 것은 창, 그리고 창을 쥔 손뼈였다.

용아병 스파르토이가 제 손처럼 들고 다녔던 창, 바로 그 육중한 창끝이 손뼈와 함께 지면 위를 꿰뚫었다.

촤악!! 파스스스스…….

이어서 반대편 손이 나와 땅을 잡았고, 도마뱀 형상의 두개골 역시 튀어나왔다.

인간과 비슷한 몸뚱이 뼈도 마찬가지였다. 다만, 문제가 있다면…….

'생각보다 볼품은 없네.'

주섬주섬 기어 나오는 꼴이 영 볼썽사나웠다.

불굴의 육신과 정신이니, 그분들의 방패이자 수문장이니, 자랑스레 떠들던 것과 조화를 이루지 못하는 것 같았다.

(그대가 원했던…… 나의 육신이다.)

물론 흙바닥으로부터 기어 올라오는 모습만 그럴 뿐, 다 빠져나와 우뚝 선 용아병 스파르토이의 위용은 얼마 전과 같았다. 용암조차 무용지물인 육신, 아니, 뼈가 아니겠는가?

"마지막으로, 한 번 더 여쭤보겠습니다."

(무엇…… 인가.)

"정말 고통을 느끼시지 않으십니까?"

(고통이라는…… 것을 모른다고…… 했을 텐데.)

"정신적인 고통이라든지."

(나의 의지는…… 불굴이다.)

"좋습니다."

정말 고통을 느끼지 않느냐?

벌써 여러 번에 걸친 질문이다.

만약 느낀다면, 다른 방법을 찾아야 했으니까.

"지금부터."

용아병으로부터 멀찍이 떨어진 이안.

그가 조심스럽게 말문을 이어갔다.

"스파르토이 님께서 해주실 일은 간단합니다."

이안의 말문이 이어지면 이어질수록.

"불굴의 육신과 정신, 그 자부심 넘치는 권능을 발휘하셔서."

전신으로부터 방대한 마나가 요동쳤다.

"각종의 마법을 견뎌주십시오."

(각종의 마법을…… 견뎌달라?)

"만약 제가 탈진한다면."

이안의 입가에 만족스러운 미소가 걸렸다.

"그때부턴 곁을 지켜주시면 됩니다."

며칠 전까지만 해도 그랬다.

이러한 방식은 무식할 뿐이라고.

보다 효율적인 방법을 찾아야 한다고.

전생의 기억을 토대로 한 수련이든.

엄청난 효과가 기대되는 엘릭서든.

환상적인 힘을 지닌 아티팩트든.

그러나, 이번만큼은 다르다.

전생에는 없었던, 이번 삶의 난관.

마나 하트의 성장이라는 문제.

조금 색다르게 돌파해 내리라.

"가족들이 찾으러 올 때까지."

이번 생의 첫 번째 수련다운 수련.

그 시작의 축포는 응당 마법이었다.

＊

총 6개월의 휴가 중 절반이 지났다.

벌써 88일째에 도달한 이안의 수련. 수련 장소는 첫날의 땅 그대로였다.

쿠웅!

용아병 스파르토이의 육중한 창날이 흙바닥을 내려찍었다.

흙먼지가 폭발하듯 퍼져나갔다. 동작은 굼떴지만, 그 파괴력 하나만큼은 어지간한 마법과 견줘도 손색이 없었다.

"흐읍!"

이안은 그 창날이 내리꽂힌 자리로부터 한 박자 빠르게 물러난 뒤였다. 동시에 냉기로 가득한 주문 하나를 그 자리에 설치했다. 닿는 순간 발동되는 얼음의 족쇄.

'프로즌 셰클스.'

실로 강력한 냉기가 용아병의 창날을 타고 빠르게 올라갔다.

창대부터 쥔 손과 팔, 어깻죽지까지 꽁꽁 얼려 버린 거다. 인간이었다면 전신을 동결시키고도 남았겠으나, 타고난 안티매직의 육신을 가진 용아병에게는 팔 한쪽이 전부였다.

'아이스 붐.'

저대로 둬봐야 곧바로 털어내 버릴 터. 그 전에 폭발시켜 스스로의 마나를 소모하는 편이 옳았다.

이안의 첫 번째 목적은 어디까지나 '마나 소모'였으니까.

퍼벙! 펑!

용아병의 오른팔에 엉겨 붙었던 얼음이 무수한 파편을 흩뿌리며 폭발했다.

만약 살덩이였다면 고깃덩어리로 만들어 버렸을 폭발, 그러나 용아병 스파르토이의 뼈는 흠집 하나 없이 멀쩡하기만 했다.

"배틀 필드."

상식을 한참 넘어선 내구도.

하나 이안에게는 익숙한 광경이었다.

일말 멈칫거림도 없이 마법을 이어갔다.

잘 사용하지 않는, '기상 마법'의 차례였다.

"윈터."

배틀 필드, 윈터. 그 읊조림과 함께 계절이 바뀌기 시작했다. 하늘 위로 눈구름이 생성되었다. 시린 바람도 휑하니 불어왔다.

"아이스 존."

이안의 주문은 거기서 끝이 아니었다. 땅에 살포시 꽂힌 지팡이 끝으로부터 광범위한 냉기가 쭉쭉 퍼져나갔다. 일대의 흙바닥을 아예 빙판길로 만들어 버렸다.

"후우……!"

추위를 대변하듯, 이안의 입김이 사방으로 흩어졌다. 바깥에는 봄기운이 몰아쳐 꽃봉오리가 피고 있다지만, 수련장 내부만큼은 그럴 수 없었다. 그야말로 겨울이 찾아온 거다.

"시원하니 좋네."

마법사마다 전투적 취향이 다양했다.

지금은 수감 중인 헬레느가 화염 마법을 고집했던 것처럼, 이안 역시 일관된 취향이 있었다.

얼음과 냉기. 그 차가운 취향과 어울리는 무대가 수련장에 꾸며졌다. 겨울이란 주제를 가진 '마법 쇼'의 무대를.

콰득! 콰드드득! 콰드득!

물 만난 물고기가 이럴까?

이안은 그저 손짓 한 번 했을 뿐이다. 한데 사방으로부터 뱀처럼 휘어지는 얼음 기둥이 솟아났다.

겨울과 빙판이란 환경적 요소가 얼음 기둥의 생성을 잔뜩 부추겼다.

(또…… 얼음판인가.)

그 광경에 불만스러운 목소리로 중얼대는 스파르토이었다.

어지간한 충격은 몽땅 흡수해 버리며, 정신적 피로조차 느끼지 않는 그였지만, 움직임이 굼뜨다는 게 유일한 약점이었다. 하물며 이런 빙판길에서는 더더욱 도드라졌다.

(처음에는…… 알 수 없었다.)

용아병 스파르토이가 사방에서 엄습해오는 얼음 기둥을 박살 내며 읊조렸다.

창을 한번 휘두를 때마다 두꺼운 얼음 기둥들이 뭉텅이로 파쇄되었다.

(그대가 이런…… 인간이었을 줄은.)

용아병 또한 감정이 있다. 페어리 퀸만큼의 기복을 갖진 않았으나, 기쁨과 분노, 슬픔과 지루함 등 기본적인 감정은 느낄 수 있다.

그런 그가 현재 품고 있는 감정, 그것은 바로 '후회'였다.

(내 진작…… 알았다면.)

충분히 그럴 만도 했다. 자그마치 88일째다.

88일째 이안의 상대가 되어줬다. 아니, 말이 상대지 사실상 허수아비나 다를 바 없었다. 조금 움직일 줄 알고, 가끔가다 팔 한 번씩 휘두르는 허수아비. 스파르토이의 꼴이 딱 그랬다.

(그대를 찾아오지…… 않았을 터.)

하염없이 창대를 휘두르는 용아병 스파르토이.

이제와 누구를 탓하겠는가? 하필 이런 시국에 잠에서 깨어나, 기이한 흐름에 휘말려 여기까지 흘러들어온 자신의 실책인 것을.

(이 또한…… 그분들의…… 뜻인가.)

그렇게 생각하니 조금은 괜찮아지는 것도 같았다. 아마 드래곤을 향한 충성심만큼은 권속 중 으뜸에 속하리라.

(둔한 놈. 나였으면 벌써 한 방 먹여줬을 텐데!)

한편 이안과 스파르토이의 격돌을 지켜보는 한 무리가 있었으니, 바로 베네사와 레디오, 더글라스였다. 심지어 페어리 퀸조차 인간의 모습으로 함께 있었다. 뒤편에 가득 쌓인 하프 엘릭서와 회복 물약도 보였다.

(아주 그냥 권속 망신을 다 시키는구나!)

"권속? 여왕님. 그게 무엇인가요?"

(으응? 아, 그런 것이 있단다. 너희 인간들은 말해줘도 알아듣는지 못하느니라. 관심 두지 말도록.)

"네에……."

얼마 전까지만 해도 주인과 고양이의 관계였던 베네사와 페어리 퀸, 바로 그녀들의 대화가 이어졌다.

그녀들은 수련장 멀찍이 흙의 장벽으로 만들어진 보호지대 속에서 수련을 구경하고 있었는데, 생각보다 가까워진 것 같았다.

(간단히 말하자면, 인간들이 국가에 소속되었듯 이 몸 또한 저 뼈다귀와 소속이 같다는 뜻이다. 물론 너희가 계급이란 것을 나누는 것처럼, 이 몸 또한 저 뼈다귀와는 격이 다르

지. 내가 황족이라면, 저놈은 노예니라, 노예.)

이안은 페어리 퀸의 정체를 가족들에게 딱 절반 정도 털어 놓았다. 물론 드래곤의 권속이니 용언이니, 그런 자세한 정 보는 말하지 않았지만, 페어리라는 종족들의 여왕이며 이안 의 일을 돕고 있다는 수준까지만 얘기해 뒀다.

"그렇구나. 그럼 여왕님과 저기 저분……."

(뼈다귀 놈.)

"아뇨. 성함이 그…… 스파르토이 님께서는 몬스터가 아 니신 건가요? 오크나, 고블린처럼……."

(뭐라? 무엄하도다!)

"죄, 죄송해요! 제가 그만 실수를……!"

물론 대외적으로는 여전히 방도가 없었다.

하여 가족들과 있을 때에만 인간의 모습을 허락해 둔 상태 였다. 임시방편에 불과했으나, 그럭저럭 잘 따라주는 페어리 퀸이었다.

(아, 아니다. 착각할 법도 하지. 우리는 오랜 세월 인간들 과 교류하지 않았으니까. 고개 숙일 것 없느니라.)

오히려 베네사의 말이라면 꼼짝을 못하는 편에 속했다.

내뱉는 말투만 권위적일 뿐, 행동은 전혀 권위적이지 않았 다. 잠시나마 애완 고양이로서 베네사에게 받았던 애정 때문 일까?

'처음 봤을 때부터 느낀 것이지만, 마기는커녕 한 점 얼룩

48 8클래스 마법사의 회귀 4

조차 느껴지지 않는군. 이런 인간은 처음이로다.'

페어리 퀸은 베네사의 영혼을 볼 때마다 그 점이 신기했다.

자신의 권능인 '마기를 보는 눈'.

그 눈으로 아무리 들여다봐도 한결같았으니까. 표현하자면, '잡티 하나 없이 깨끗한 인간'이나 마찬가지였다.

'신기하단 말이지.'

단언컨대 처음이다. 바로 옆에 있는 인간 남자, 레디오도 얼룩이 존재한다. 그 아들이라는 소년 역시 마찬가지다.

뿐일까? 거의 모든 인간은 저마다 마기의 얼룩을 지녔다. 단지 그 농도가 무척 미미하며, 침식되지 않았을 뿐.

'그에 비해 아들이란 놈은……'

사실 이안도 깨끗한 심성의 소유자는 아니었다. 오히려 평범한 인간보다 수십 배는 얼룩진 존재였다. 한데도 페어리 퀸이 처음부터 이안을 믿었던 이유, 간단했다. 침식될 확률이 제로였으니까.

'믿기는 힘들지만, 그렇게 보인다고. 내 눈에는.'

저토록 얼룩이 졌음에도 침식되지 않을 존재나, 아예 얼룩 한 점 없이 깨끗한 존재나. 쌍방이 참으로 진귀한 인간이었다. 심지어 그 둘이 모자지간이라니?

(어미 인간.)

"네에?"

(내 궁금한 것이 하나 있는데.)

"말씀하셔요. 무엇이든."

(네 아들의 아비는 도대체 어떤…….)

여왕의 질문이 이어지는 그때였다.

"여왕님."

그 소리는 마치 지척에서 들리는 것처럼 느껴졌다. 하나 실상은 저 멀리, 수련을 빙자한 마나 태우기에 한창인 이안 페이지의 목소리였다.

"슬슬 들어오시죠."

마나를 통해 전해지는 이안의 한마디.

그 한마디에 페어리 퀸의 쪼그만 날개가 힘껏 저어졌다. 화색까지 돌았다. 단언컨대 오늘 보여줬던 표정 중 가장 생기발랄한 표정이었다.

(오냐, 사양하지 않으마!)

그녀는 쏘아진 화살과도 같았다.

단숨에 수련장 중심으로 날아들었다.

지금부터 제2막의 시작이었으니까.

이안의 마나와 체력, 정신력까지.

3요소를 몽땅 소모시키는 수련.

바야흐로 1 : 2 매치의 차례였다.

"아……!"

이를 눈치챈 베네사가 탄식했다.

매번 만신창이로 돌아오는 아들을 살피고자 직접 수련장에 대기해 온 지도 88일째.

용아병 스파르토이와의 수련까지는 괜찮았다. 이안에게 접근조차 할 수 없다는 사실을 88일간 지겹도록 봐왔으니까. 문제는 지금부터였다. 페어리 퀸까지 가세한 수련은 정말이지 오장육부가 타들어 가는 심정이었다.

"사, 살살해 주세요."

그녀의 바람은 페어리 퀸에게 닿지 않았다. 이미 수련장 한복판까지 날아가 번개를 불러오고 있었으니 말이다.

물론 제한은 존재했다. 이안의 명령에 따라 2클래스 수준의 번개밖에 불러올 수 없었다. 그 이상으로 내리쳤다간 주변 일대가 남아나지 않을 터이니.

"……."

베네사의 두 눈이 차분하게 가라앉았다.

방금 전 수다를 떨던 그녀가 아니었다.

찔끔거리면서도 결단코 놓치지 않았다.

하나뿐인 아들, 이안 페이지의 모습을.

'집중해야 해. 집중.'

그래야 필요할 때 멈출 수 있으니까.

탈진하자마자 대처할 수 있으니까.

'대단하시군.'

그런 베네사의 모습에 바로 옆 레디오는 감격했다. 아무리 여린 심성의 소유자라도 어머니는 어머니였다. 그녀를 보고 있자니 문득 더글라스의 친어미가 떠올랐다.

'그녀도…… 강한 어머니였지.'

잠시 상념에 잠겼던 레디오.

그로부터 얼마나 지났을까? 갑작스레 보호지대 밖으로 뛰어나가기 시작한 베네사였다. 덕분에 레디오 또한 상념 속에서 빠져나왔다.

"페이지 부인!"

허겁지겁 달려가는 베네사의 손에 포션이 들려 있었다. 이안이 쓰러져 버린 탓이었다.

이제 적응할 때도 되었거늘, 베네사는 언제나 그렇듯 목숨이라도 걸린 것처럼 달려갔다.

"이런!"

그 모습을 본 레디오와 더글라스도 뒤늦게 뜀박질을 시작했다. 일대의 겨울철 같았던 추위도, 빙판이 되어버렸던 흙바닥도 순식간에 사라졌다. 술자의 의식이 끊어져 버렸다는 증거였다.

"이안! 이안!"

물론 죽지는 않는다.

죽을 가능성조차 없다.

한데도 베네사는 눈물을 글썽였다.

이안에게 회복 포션을 먹여주면서.

"이거 참."

뒤늦게 온 레디오가 그 광경을 바라봤다. 이제 이안을 업고 장벽 너머 마차로 가 저택으로 돌아가는 일정이 남았다.

벌써 수십 일째 반복되어 온 일상, 언제 끝날지는 모르겠다.

'이게 정말 수련이 맞기는 한 건지……'

레디오의 아주 솔직한 심정.

비단 레디오 뿐만이 아니었다.

여기 모인 모두가 생각했다.

툭! 툭!

그야말로 익숙한 침실.

이안이 두 눈을 천천히 떴다.

수련 시작일로부터 89일 차였다.

툭! 툭툭!

이안이 혼절에서 깨어난 직후 가장 먼저 확인해 본 것, 그것은 바로 마나 하트의 상태였다.

마나와 체력, 정신력까지 완벽하게 방전시킨 뒤 혼절한다. 이후 깨어나 마나 하트의 동향을 살핀다. 벌써 수십 일째 반복되어 온 일상이었다.

'아직…… 인가.'

고개를 절레절레 흔드는 이안.

여전히 이렇다 할 변화가 없었다.

6클래스에 도달했었던 당시의 느낌.

그런 확실한 박동이 느껴지지 않았다.

'뭔가 간질거리는 느낌은 있는데.'

얼마 전부터 느껴지기 시작한 간질거림. 분명 마나 하트로부터 느껴졌다. 이안에게 희망을 주면서도, 막막함까지 선사하는 간질거림이었다.

"흐음."

수십 일째 거듭된 방전과 회복의 수련.

전생에도 해본 바 없었던 무식한 수련의 방향이 아직 잡히지조차 않았다. 이 간질거리는 느낌으로 봐서는 변화가 있을 것도 같다만.

"으윽……!"

문제는 정말 죽을 것 같다는 점이었다.

강렬한 통증이 침대에서 일어나고자 했던 이안의 전신을 강타했다. 표현 그대로 뼈 마디마디가, 근육 하나하나가, 모든 장기가 찢어질듯 욱신거렸으니까.

'마나의 보호도 소용없다더니만.'

이안은 문득 올리버와의 대련 중 들었던 말이 떠올랐다.

육신을 극한까지 담금질하다 보면, 어느 지점부터 마나의 보호 따위는 아무 짝에도 소용이 없다고. 극악의 통증을 느끼게 될 거라고. 분명 그렇게 말했었다.

'진짜였을 줄이야.'

결국 그대로 누워버린 이안.

아무런 생각 없이 천장만 바라봤다.

가끔 멍을 때려주는 것도 괜찮았다.

두뇌가 재조립되는 기분이 들었다.

툭! 툭툭!

바로 그 순간이었다.

아까 전부터 들려오는 소리.

창문에서 들려오는 소리였다.

어디 우박이라도 떨어지는 걸까?

툭툭! 툭! 툭!

창가 쪽으로 시선을 돌린 이안.

소음의 원인은 우박이 아니었다.

아주 까만 깃털을 가진 새였다.

"까마귀?"

부리로 창문을 두들기는 녀석의 다리에 작은 쪽지 하나가 끼워져 있었다. 전문적으로 훈련된 '연락용 까마귀'인 것 같았다.

'아, 그러고 보니.'

도둑 길드에 조사를 맡긴 지도 89일째.

보고할 만한 내용이 생겼을 법도 했다.

'용의 교단.'

통증을 꾹 참고 창가까지 걸어간 이안.

창문 밖 까마귀가 가져온 쪽지를 펼쳤다.

2장
덫

"음."

쪽지의 내용은 간단했다.

아직 핵심적인 정보는 없지만, 흥미롭고도 자잘한 몇 가지 얘깃거리는 있다.

1차적인 보고를 원한다면 저택 앞으로 나와 달라. 나오지 않는다면 계속해서 조사를 진행하고 있겠다.

"그러니까……."

별거 아닐지도 모르니 듣고 싶으면 나와라.

그런 얘기였다. 흥미롭고도 자잘한 몇 가지라.

'들어나 볼까.'

마음을 정한 이안이 몸뚱이부터 일으켰다.

여전히 따라오는 통증에 탁자 위에 약병을 집어 입 안으로 털어 넣었다. 더글라스가 만들어준 일종의 진통제였다.

'쓰네.'

평범한 인간이었다면 속을 다 버릴 정도로 독하게 조제된 진통제였으나, 이안은 마나의 보호 덕에 아무런 문제도 없었다. 그저 확하고 퍼져오는 쓴 향과 맛이 싫을 뿐.

'왜 이렇게 쓴 거지?'

물론 무엇을 넣고 만들었는지는 안다. 조제 과정도 직접 지켜봤다.

독살의 경험이 있는 이안이다. 남이 주는 물약을 아무런 의심도 없이 꿀꺽꿀꺽 삼켜줄 리 있겠는가? 다 알아보고 마시는 거다. 그럼에도 알 도리가 없었다. 이 쓴맛의 원인을.

'이런 맛이 날 이유가 없을 텐데.'

이안이 본 약재와 조제 과정으로는 아무리 생각해도 이해할 수 없었다.

섞이게 되면서 무언가 다른 맛이라도 내는 걸까.

실없는 생각과 함께 약병을 비워 버린 이안이 저택 밖으로 나왔다. 아직 이른 아침이었다.

"탑주님."

보통 이런 경우는 수하를 보내게 마련이다. 한데 직접 왔다.

도둑 길드 데이 브레이크의 수장, 크루드가. 첫 만남의 강렬했던 인상 때문일까? 여전히 겁을 먹은 눈치다.

"오랜만에 뵙습니다. 그간 무탈하셨습니까?"

"그렇게 무탈하지는 못했습니다만."

"예? 어째서…… 아, 휴가를 내셨단 소식은 들었습니다. 수련에 한창이시라고. 그 여파로 많이 피곤하시겠지요."

이안의 휴가는 상아탑의 일.

딱히 기밀에 붙이지는 않았다만, 마법사들이 떠들고 다녔을 리도 만무할 터. 한데 그 사실을 알고 있는 크루드였다. 괜히 정보 장사꾼은 아닌 모양이었다.

"그래서 말씀을 올리는 것인데, 약소하지만 이놈이 드리는 성의라고 봐주십시오. 불미스러웠던 일도 있었고, 마침 수련 중이시라 하시기에……."

길드장 크루드의 손짓과 함께 멀찍이 대기 중이었던 수하가 목함을 대령했다. 이안은 어렵지 않게 내용물을 파악해 냈다. 아마 엘릭서겠지.

"엘릭서로군요."

"탁월하신 눈썰미십니다."

"마법사가 엘릭서라면 사족을 못 쓰는 거야 세상이 다 알죠."

물론 그러한 이유로 엘릭서임을 알아본 것은 아니었다.

전생에도 많이 받아봤다. 약소한 선물이랍시고 가져오는 저 뇌물 엘릭서를, 눈앞에 이 크루드란 자에게도 자주 받아 봤다. 본인도 몇 년에 한 번이나 맛보는 엘릭서라고 했던가?

"나라님만 잡수신다는 엘릭서에 비견될 정도로 귀한 놈입니다. 억만금을 준다 해도 몇 년에 한 번 꼴이나 볼 수 있지요. 그 귀함을 수련 중이신 탑주께 양보토록 하겠습니다."

역시 이번에도 똑같다.

멘트만 조금 달라졌을 뿐.

이안이 목함을 받았다.

어머니께 드려야겠다.

"받도록 하죠."

"예? 아, 예. 감사합니다!"

이안이 아무런 망설임이나 겸양, 심지어 고맙다는 말조차 없이 받아버리자 조금 당황해 버린 크루드였다.

이는 명백한 뇌물이다. 물론 상아탑주가 뇌물 좀 챙겼기로서니 무슨 문제가 되겠냐만, 그래도 약간의 망설임은 있을 줄 알았다. 높으신 분들 겸양 떠는 척이야 자주 겪어봤으니까.

'아직 어려서 그런가?'

그리 생각한 크루드가 이번에는 서류를 몇 장 이안한테 건넸다. 지금껏 조사했던 정보, 사실 정보랄 것도 없는 자잘한 이야깃거리들이 가득 담긴 종이뭉치였다.

"이런 말씀을 드려 대단히 송구스럽습니다만, 의뢰하신 부분에 대해서는 아직 직접적으로 이렇다 할 소득이 없습니다. 단지."

크루드의 목소리가 가늘어졌다.

이안의 귓가로 가까이 들어왔다.

엿듣는 사람은 없었으나, 본능적인 행동이었다.

"서류를 검토해 보시면 아시겠지만, 드래곤에 관련해서는 최근 몇 가지 이야깃거리가 있습니다. 그것이, 일종의 유행이라고 하더군요."

"유행?"

"예를 들자면 드래곤과 관련된 고서라거나, 조각상이라거나, 기타 등등이 존재하지 않습니까? 그런 물건들을 수집하는 유행이 황성 내 귀족들 사이에서 번지고 있다 합니다."

드래곤과 관련된 유행이라?

이안의 기억에는 존재하지 않았다.

물론 유행 따위와 거리가 멀긴 했다만.

감안하더라도 생소한 이야기였다.

"이게 의뢰하신 교단과 관련이 있을지는 미지수입니다만, 귀족들의 수집 유행엔 반드시 이유가 있지요. 사소한 이유든, 무언가 심상치 않은 계획이 있든. 그렇지 않습니까?"

"흐음……."

귀족간의 유행에는 이유가 있다.

분명 귀담아 들을 만한 얘기였다.

"물건의 유통 방식도 상당히 폐쇄적이더군요. 이미 시중에 나와 있는 물건들은 눈에 차지 않는 건지, 유행을 따르는 귀족들끼리 모여 비밀 경매장까지 만들었습니다."

말문이 길어지자 숨부터 고르는 크루드였다.

어휘를 구성함에 더듬거나 뜸 들임이 없었다.

"알아본 바로는 초대받은 귀족들만 경매에 참여할 수 있고, 드래곤과 관련된 골동품을 납품하는 상단 역시 엄격하게 가려 받는 것 같았습니다. 적어도 제국의 상권을 나눠 가진 여섯 대상단 정도는 되어야 말이 통하는 것 같더군요."

제국의 여섯 대상단.

이안에게도 익숙한 표현이었다.

아니, 정확하게는.

'다섯 상단으로 알고 있었는데.'

전생에는 분명 제국의 '다섯' 대상단이었다. 한데 여섯 대상단이라니? 상단과 관련된 상아탑의 업무를 처리해 본 경험이 있다. 잘못된 기억일 가능성은 없으리라.

"여섯 상단이 각각 어디입니까?"

전생과 달리 대상단으로 거듭난 상단이라.

궁금해진 이안이 크루드에게 물었다.

"간단히 이름부터 말씀드리자면, 먼저 제임슨 상단, 몰튼 상단, 하이베 상단, 마리오와 형제들. 이것도 상단의 이름입니다. 원래 용병단을 했던 자들인지라."

"알고 있습니다. 계속해 주십시오."

알고 있는데 왜 물어?

입이 근질거리는 크루드였다.

만만한 자였다면 이리 외쳤으리라.

아니, 애당초 만나주지도 않았겠지.

"예. 무라트라 상단과 마지막으로…… 포이언 상단입니다. 탑주님께서도 아실지 모르겠습니다만, 본래는 탑주님의 고향인 북부 모그리안 영지에서 활동했던 상단입니다. 수완이 좋아진 건지, 몇 해 전부터 대륙적으로 놀더군요."

포이언 상단이라면 이안 역시 아는 곳이다. 여섯 해 전, 모그리안 산의 고블린 사체들을 팔아넘겼던 바로 그 상단이 아니던가?

'나의 개입으로 미래가 바뀐 건가?'

물론 고블린 사체 좀 팔았기로서니 갑작스레 대상단으로 탈바꿈되지는 않았을 거다. 단지 흘러가는 흐름이나마 한 가닥 바꿔놨겠지. 어찌되었든 반가움이 느껴졌다.

"자세한 사항은 서류에 적어두었습니다. 한번 검토해 보시고, 추가적으로 시킬 일이 있으시다면 연락해 주시길. 아, 번거롭게 본부까지 찾아오실 필요는 없으십니다. 처음 저희들과 접촉하시면서 보셨겠지만, 저쪽 상업지구 1번 도로 술집들이 전부 저희가 소유한 영업장입니다. 그쪽을 통해 연락 주시면 감사드리겠습니다."

끝까지 이안의 눈치를 살피는 크루드였다. 전생에도 이렇지는 않았거늘, 제국의 2인자 상아탑주로서 대면했던 첫인상이 강렬하게 각인되긴 되었나 보다.

"그렇게 하죠."

크루드를 돌려보낸 이안이 저택으로 돌아왔다.

침실에 도착하자 아까는 없었던 이들이 보였다.

(이것이…… 그분들의 언어가…… 담긴 책인가.)

(그렇다니까? 심지어 그 인간은 읽기까지 한다고.)

(그분들의…… 언어는 오직…….)

(그분들만 읽고 말할 수 있지.)

바로 페어리 퀸과 영혼 상태의 용아병 스파르토이었다. 페어리 퀸은 자신의 몸뚱이보다 커다란 용언서를 한 페이지 한 페이지 넘겨가며 용아병에게 보여주고 있었다.

"뭣들 하십니까?"

이안의 물음에도 그들은 용언서만 바라봤다. 지난 몇 달간 지켜본 결론인데, 그들에게 드래곤이란 부모와 같은 존재인 같았다. 느낌상 어머니보다는 아버지 쪽이라고 표현할 수 있으리라. 물론 이안은 아버지에 대한 기억이 없었다. 단지 가늠했을 뿐.

"여왕님. 여쭤볼 게 하나 있는데."

(말해 보려무나.)

"혹시, 그 드래고니안이란 권속도 그렇습니까?"

(다짜고짜 무엇이 말이더냐?)

"그 용언서라면 사족을 못 쓰냐는 뜻입니다."

용언서라면 사족을 못 쓴다.

상당히 거슬리는 표현이었다.

그럼에도 넘어가는 페어리 퀸이었다.

딱히 반박할 만한 거리가 없었으니까.

(뭐, 그럴 테지. 권속이라면 누구나 이끌릴 거다. 그분들을 향한 충성심이 사라지진 않았을 테니까. 물론, 그분들의 둥지를 끝까지 지켜온 우리 페어리 일족만 하겠냐만.)

(나 또한…… 그분들의 방패이자…….)

(시끄럽다! 잠이나 잤던 뼈다귀 주제에.)

(그 수면에는…… 나름의 이유가…….)

용아병 스파르토이의 합류 이후부터 잦아진 말다툼, 이안은 딱히 마법을 쓰지 않아도 그 소란스러움을 차단해 내는 경지에 이르렀다. 대신 생각에 잠겼다.

'사족을 못 쓴다 이거지. 그 반룡인들도.'

이안의 뇌리로 생각 하나가 스쳐 지나갔다. 용의 교단의 창시자일 가능성이 큰 드래고니안부터, 황성 귀족들 사이에 돌고 있다는 드래곤과 관련된 유행, 그로 말미암아 생겨난 비밀 경매까지. 바로 그것들의 관계 유무를 확인할 방책 말이다.

'어쩌면, 한 방에 끄집어낼 수도 있다.'

방법만 놓고 보자면 간단했다.

저 용언서를 미끼 삼아 귀족들의 비밀 경매에 출품하는

거다.

'관계가 없어도 상관은 없어.'

다시 회수하면 그만이니까.

이안에게는 자금력이 있다.

수수료만 조금 떼일 테지.

'비밀 경매에 용언서를 출품할 방법. 그리고 구매자로 초대받아 참가하는 방법. 이 두 가지만 해결하면 되겠는데……'

그 두 가지야말로 가장 큰 문제였다.

제국의 여섯 대상단을 통해서만 가능하다는 출품도 문제인데, 하물며 구매자로 초대받기 위해서는 그들과 가까운 귀족이어야만 한다.

'내가 귀족은 아니니까.'

물론 마법사는 귀족과 같다. 하물며 상아탑주라면 대영주조차 뛰어넘는다. 하나 아무리 그렇다고 한들, 귀족끼리의 은밀한 취미에 끼어들기는 어렵다.

평소 친분이 없었다면 더더욱 그렇다. 마법사와 귀족, 근본적으로 다른 존재가 아니던가?

'이를 어찌한다……'

이안의 머리가 빠른 속도로 회전했다.

수많은 기억과 인연을 훑었다.

전생의 42년과 이번 생의 6년.

그 안에서 얻어낸 모든 것들을.

그로부터 며칠 후.

황성 귀족 중 제법 영향력을 행사하기로 유명한 가문, '파커 일가'의 가주 오번 파커가 비밀 경매장을 주최했다. 주최자는 경매에 출품될 물건들을 미리 살펴볼 수가 있는데, 일종의 수질 관리라고 보면 된다. 오번 또한 그 수질 관리에 나서는 중이었다.

"오번 공. 이리 뵙게 되어 정말 영광입니다."

"아아, 자네가 그 포이언 상단의 행수인가?"

"로베르토라고 합니다. 잘 부탁드리겠습니다."

오번 파커와 인사를 나누는 배불뚝이 중년인. 그는 자신을 포이언 상단의 출품 책임자이자 행수라고 소개했다.

인상이 썩 좋은 편은 아니었다. 악덕 상인의 표본처럼 생겼다고 표현할 수 있을까? 순수하게 외모로만 보자면 그렇다는 얘기다.

"그야 물건의 품질에 달렸겠지."

"물론이십니다. 아주 만족하실 겁니다."

"호오, 자신감이 넘치는구먼."

"자신감뿐이겠습니까? 지금껏 장사 밥을 먹고 살면서 온갖 물건이란 물건은 다 구경해 봤습니다만, 모든 경험을 통틀어도 이렇게 진귀한 물건은 처음입니다."

다짜고짜 찬양을 시작한 상인 로베르토.

오번은 그 찬양에 의혹부터 느꼈다.

오히려 역효과만 내버린 셈이었다.

아직까지는 그랬다.

"그렇게 과장하는 상인치고 제대로 된 물건을 출품하는 인사, 지금까지는 한 명도 없더군. 다시 한번 말하지만 드래곤과 관련이 있어야만 하네. 이 경매장의 코드가 바로 드래곤이니까. 그 사실은 알고 있는 거겠지?"

"이를 말씀이십니까?"

"흠, 글쎄⋯⋯."

오번 파커가 팔짱을 낀 채 쳐다보자, 상인 로베르토 역시 알겠다는 듯 고개를 끄덕였다. 그렇게 자신이 있다면 한 번 보여달란 뜻이 아니겠는가?

"잠시 이쪽으로 와주시지요."

포이언 상단의 행수, 로베르토의 마차.

그 마차에서 보관함을 하나 꺼내든 로베르토가 오번 앞에 살며시 열어줬다. 안에는 큼직한 서책이 한 권 담겨 있었는데, 척 보기에도 범상치 않은, 표지부터가 인간의 창조물이 아닌 것처럼 보이는 미지의 서책이었다.

"도, 도대체 이 책은……."

쳐다보는 것만으로도 몽롱해지는 자태.

그 서책의 영향을 받은 오번 파커가 물었다.

"무, 무엇인가? 어디서 온 책이지?"

"놀라지 마십시오. 이게 바로 그……."

잠시 말꼬리를 늘어뜨렸던 상인 로베르토.

그가 오번의 귓가에 대고 속삭였다.

"용언서라는 물건입니다."

"요, 용언서?"

"저희 상단에서 출품시킬 비장의 물건이지요. 콜드우드 제국의 북부 끝으로부터 공수해 온 서책입니다. 바로 알아보셨겠지만, 가품이니 품질이니, 그런 걸 따질 물건이 아니지 않습니까? 저도 처음 봤을 때는 정신이 다 멍해지더군요."

그럴 수밖에 없다. 특유의 마력을 은은하게 뿜어내는 용언서 아니던가? 권속이라면 드래곤의 마력을 알아볼 것이고, 평범한 인간이라면 범상치 않은 기운을 직감할 터.

탁!

상인 로베르토가 열어 보였던 보관함의 뚜껑을 닫았다. 더불어 오번 파커의 몽롱해졌던 눈도 제정신을 차렸다. 잠시였지만, 형용할 수 없는 이끌림에 매료되었다.

"과연, 자신이 있을 만하군. 최고액을 기록할지도……."

"그렇다면 더할 나위 없겠지요. 오번 공께서 주최하신 비밀 경매가 아닙니까? 이 용언서와 함께 오번 공의 높으신 위신이 더욱 확고해졌으면 하는 바람입니다."

오번 파커의 얼굴에 금칠해 준 상인 로베르토가 본론을 꺼냈다.

"혹여, 소인이 실례가 되지 않는다면 청을 올려도 되겠습니까?"

"청이라? 어디 말해보시오."

엄청난 물건을 봤기 때문일까.

아니면 아부를 들었기 때문일까.

한층 부드러워진 오번의 목소리였다.

"다름이 아니라, 이번 경매에 참여자로 추천을 드릴 분이 한분 계십니다. 초대를 고려해 주실 수 있으신지요."

"흐음, 내가 개최하는 경매이니 불가능할 것은 없소만, 알다시피 아무나 초대할 수는 없는 자리요. 그 정도는 알고 있을 터인데."

"다른 귀족 분들의 고귀함에 한 점 떨어지지 않는 분이십니다. 그분 또한 드래곤에 관심이 많으셔서, 저희 상단을 통해 이런저런 골동품을 자주 구매하셨지요."

"오, 내가 모르는 인사 중 그런 분이 계셨나?"

"그러실 수밖에요. 그분은 귀족이 아니십니다."

"……나랑 지금 장난하자는 게요?"

귀족도 아닌 자를 불러 달라?

귀족들의 은밀한 취미 생활에?

오번 파커의 언성이 높아졌다.

"오해십니다."

"오해는 무슨 오해, 고귀함은 돈으로 살 수 없거늘!"

"지당하신 말씀입니다. 소인이 경매의 참여자로 추천 드리고자 했던 고객께서는, 감히 돈으로 살 수 없는 고귀함을 타고나신 분이지요. 황실의 피를 물려받으셨으니 말입니다."

이어지는 상인 로베르토의 말에 잠시간 말문이 막혔던 오번 파커. 황실의 피를 물려받았다고? 그 드래곤과 관련된 골동품에 관심이 많다는 자가 황족이란 얘기일까?

'5황자 전하? 아니, 그분일 리는 없고.'

5황자 라그나르는 이미 오번이 속한 '용의 교단'의 일원이다. '골동품 수집 유행'을 빙자한 '포교 활동'에 끼어들 이유가 전혀 없다.

있다 해도 이토록 번거로운 방식으로 끼어들 까닭은 더더욱 없다. 자신, 혹은 교원들을 통하면 간단한 일이니까.

"황실의 피를 이어받으신 분이라니. 사실인가?"

"사실입니다."

그 대답의 주인은 상인 로베르토가 아닌, 어떤 여인의 것이었다. 로베르토가 용언서를 가지고 나왔던 마차 안으로부터 들려왔다. 아주 청아하고 기품 있는 목소리였다.

"오랜만에 뵈어요. 오번 공."

그 정체는 바로 제국의 공주.

황태자의 하나뿐인 여동생.

'하이리 그린리버'였다.

"고, 공주 마마? 마마께서 어찌……."

"유행이란 본디 아녀자들이 주도해 나가는 법이지요. 이미 많은 귀부인께서도 동참하고 계시지 않으신가요?"

오번 파커가 빠르게 머리를 굴렸다. 공주의 등장이 다소 뜬금없기는 했으나, 불가능한 것도 아니었다.

애당초 유행이란 무엇인가? 누구나 따라 하는 문화 현상이다. 공주의 말마따나 몇몇 귀부인들도 유행에 동참하기 시작했다. 이쯤 되면 모를 리가 없으리라.

'오히려 공주라면 유행에 빠지기 쉽지.'

공주란 여러모로 비운의 존재다. 혼인으로서 황족과 귀족의 연결고리가 되어주는 도구, 그 이상도 이하도 아니다. 도구로서 의무를 다하지 못한 상태라면 더더욱 입지가 적다. 오죽하면 역사적으로 무력감에 시달리다 스스로 자결하는 공주들이 많겠는가?

'할 일이 없을 테니까. 치장하고 사치 부리는 것밖에는.'

오번이 납득한 듯 고개를 주억거렸다. 이제부터는 귀족을 넘어 일국의 공주까지 합류하는 유행 거리로 거듭나는 거다. 나아가 공주가 믿는 교단이 될 수도 있으리라.

"그러셨군요. 마마께서도 저희 귀족들의 여가에 관심이

있으셨을 줄은 몰랐습니다. 아니, 방금 대행수의 언급을 따르자면 벌써부터 조예가 깊으신 것 같던데……."

"깊은 정도는 아니고요. 음, 조금?"

"하하, 조금이라! 하오 시면 소신과 함께 가시지요. 사실 모두가 귀빈인지라 모든 자리도 귀빈석이지만, 마마께서 오셨으니 조금 더 특별한 자리를 마련해 보도록 하겠습니다."

"정말 그래 주시겠어요?"

"이를 말씀이십니까."

비밀 경매의 장소는 바로 파커 가문의 황성 밖 별장이었다. 그 별장 안으로 오번 파커와 공주 하이리가 들어갔다. 아마 곧 수많은 귀족이 저 안으로 들어갈 터.

"휴우."

공주와 오번이 들어가는 모습을 확인한 로베르토, 그 포이언 상단의 배불뚝이 대행수가 한숨부터 돌렸다.

살찐 몸둥이와 인상 탓에 악덕 상인이니, 나태하니 등 오해를 사지만, 로베르토는 그런 인물이 아니었다.

제법 양심적인 상인이었으며, 살은 순전히 지병 때문에 쪄 버렸다. 나태하기는커녕 이 정도 몸뚱이나마 유지하고자 부단히 애를 써왔다.

'잘하고 있다. 로베르토.'

그런 그가 일생일대의 도박판에 뛰어들었다.

자기최면이 필요할 정도로 엄청난 도박이었다.

'성공만 한다면, 상아탑과 관련된 모든 기관과 사업의 제1 거래 상단이 된다. 상아탑, 아카데미, 통신 역참, 연금술, 마도 공학, 기타 등등 수많은 분야를 독점하게 되는 거야.'

본디 포이언 상단은 모그리안 영지 내에서나 이름이 알려졌던, 크게 대단하지도, 영세하지도 않은 규모의 전도유망한 상단이었다. 6년 전까지는 분명 그러했다. 슬슬 사업을 확장해 보자는 얘기가 공공연하게 나돌 정도였으니까.

'겸사겸사 은혜도 갚고.'

그러던 중 상단 내부적으로 사건이 터졌다. 한 가지 사건도 아니고 여러 배신과 악재가 겹쳐 어려운 시기에 놓였었다. 바로 그러한 때 이안이 고블린과 홉 고블린의 처분을 맡겼고, 그 이윤으로 시급했던 문제부터 차근차근 처리해 나갈 수 있었다.

'그래. 잘하고 있는 거다. 상인으로서도, 인간으로서도. 이안 님이 아니었다면 진즉에 망했을 테니까.'

물론 계산적으로만 따질 경우 고블린 사체의 이윤은 크지 않았다. 백의 문제 중 다섯이나 해결했을까? 다만 그 다섯이란 수치가 재기의 발판이 되어줬다는 게 컸다.

'상황도 그랬고, 심적으로도 그랬지.'

언제나 갚는 날만 기다렸는데, 마침 기회가 찾아왔다. 이제는 어엿한 청년이 된, 심지어 탑주의 자리까지 오른 6클래스 마법사 이안이 먼저 로베르토 자신을 찾아왔으니까.

'분명 12살짜리 꼬마였는데, 설마하니 벌써 상아탑주가 될 줄이야. 그때도 범상치는 않았다만.'

이안 페이지의 부탁은 크게 두 가지였다.

귀족들의 비밀 경매에서 물건을 대신 판매해 달라는 것, 또한 공주 '하이리 그린리버'를 경매장의 참가자로 추천해 달라는 부탁까지. 사정은 차차 알려주겠으나, 차후 상아탑의 모든 사업과 정책에 있어 1순위 거래 상단을 포이언 상단으로 지정해 주겠단 대가까지 얻어냈다. 무려 상아탑주의 약속이었다.

'말을 바꿔도 어찌할 도리가 없긴 한데.'

물론 옛 은혜가 어쨌건 상대는 상아탑주다. 말을 싹 바꿔도 따질 도리가 없다. 하지만 반대로 생각해 보라. 거절하는 것도 불가능에 가깝다.

상아탑주의 부탁을 거절한다? 그냥 마법사도 아니고, 상아탑주의 직접적인 부탁을?

'결국, 이렇게 될 운명이었던 거야. 나 로베르토 포이언은……'

6년 전 이안 페이지를 만났던 그 순간부터, 상인 로베르토의 운명은 이렇게 흐르도록 설계되어 버린 거다. 적어도 스스로가 생각하기에는 그랬다.

실로 긴 하루가 될 것 같았다.

그로부터 몇 시간 뒤.

하늘이 어둑어둑해질 무렵.

기다렸던 비밀 경매가 시작되었다.

"몰튼 상단에서 출품시킨 두 번째 물건입니다."

오번 파커의 초대를 받은 귀족들이 대거 참석했다. 가주들은 물론 후계자나 2공자, 3공자, 귀부인부터 공녀까지. 참으로 다양한 인사들이 보였다. 공통점이 있다면 가문 당 1인씩 참석했다는 점, 즉 이들 모두가 가문의 대표 자격으로 왔다는 뜻이었다.

"그 가죽과 비늘이 와인처럼 붉다하여 레드 드래곤이라 불리는 전설의 용족, 그 자태를 한 폭 그림에 담아낸 예술! 로공국의 천재 화가 알비온 카스코가 남긴 역작 중 하나……."

음성 증폭 수정구를 통한 경매 진행자의 목소리가 파커 가문의 별장을 울렸다. 물론 참여자들이 귀족이니만큼 평범한 경매장처럼 큰소리까지 치는 법은 없었다.

'용언서가 마지막이라.'

한편, 경매장으로 쓰이는 별장에는 귀족들만 있는 게 아니었다. 이안 또한 자리를 함께하고 있었다. 단지, 이곳에 모인 사람들은 이안을 볼 수가 없을 뿐.

'인비저빌리티.'

술자를 투명하게 만들어주는 마법.

그 주문이 모두의 눈을 속였다.

'드래고니안과 관련이 있다면.'

이안은 '진짜' 용언서를 미끼로 사용했다. 가짜란 애당초 불가능하다. 권속들은 용언서 자체가 아닌, 책이 가진 드래곤 특유의 마력과 향취에 사족을 못 쓰는 거니까.

'분명히 물 거다.'

적정량 이상의 자금력이든.

강압적인 마법과 무력으로든.

분명 엄청난 집착을 보일 거다.

이안의 미끼, 용언서를 향하여.

"오래 기다리셨습니다. 오늘 경매의 마지막 물건! 글쎄요. 미천한 소인이 보기에도, 미리 물건들을 검수해 보셨던 오번 공께서 보시기에도. 이렇다 할 설명은 필요가 없을 것 같았습니다. 자, 직접 보시죠."

이윽고 경매장의 무대 위로 서책 하나가 올라왔다. 누가 봐도 인간의 창조물이 아닌 것처럼 보이는 커다란 서책, 한 줌의 웅성거림조차 없었다. 모두가 서책으로부터 눈을 떼지 못했으니까.

"포이언 상단이 콜드우드 제국에서 공수해 온, 그야말로 야심차게 출품한 물건입니다. 그 이름은 바로……."

진행자가 일부러 말꼬리를 흘렸다.

침묵이 감도는 경매장과 잘 어울렸다.

"용언서."

드디어 용언서가 경매장에 나타났다. 척 보기에도 엄청난 물건이었다. 골동품 수집이라는 목적에 정확히 부합했다. 당장 보이는 외견만 해도 압도적인데, 진행자가 조심스레 펼쳐서 보여준 책의 내용은 더더욱 완벽했다. 알 수 없는 문자들로 가득했으나, 그럼에도 낙서처럼 느껴지지 않았다.

"오만 골드."

참가자 모두 눈치만 보던 그때.

첫 번째 입찰 시도자가 나타났다.

시작부터 오만 골드란다.

"오, 오만 골드 나왔습니다."

큼직한 금액에 진행자마저 일순간 더듬거렸다. 더불어 모두의 이목이 입찰 시도자에게 향했다. 쳐다보는 것만으로도 가슴 설레는 미녀, 제국의 공주 하이리 그린리버였다.

"오만 골드라니……."

"시작부터 너무 큰데?"

"그것도 공주 마마께서……."

이제야 많은 귀족이 숙덕거렸다. 공주가 귀족들의 은밀한 취미 생활에 끼어든 경우야 이해할 수 있었다. 오번이 떠올렸던 판단과 비슷한 이유였다. 다만, 저 정도의 자금을 투자하는 것은 예상 밖이었다.

"오만 골드! 더 없으십니까?"

하나 그들은 몰랐다.

그 골드는 공주의 재산이 아님을.

결국 본래의 자리로 돌아갈 것을.

또한, 지금부터 시작이라는 사실을.

"육만 골드."

새로운 입찰 시도자가 나타났다.

주최자인 오번 파커였다.

"오번 공께서 직접……?"

"주최자라고 해서 참가가 불가한 건 아니지만……."

웅성거림은 오래 갈 수 없었다.

아니, 그 대상이 오래 가지 못했다.

"십만 골드."

공주 하이리가 십만 골드를 불러 버렸으니까.

그야말로 어마어마한 금액이었다.

사치의 수준을 넘어서기 시작했다.

"……."

오번 파커가 조금 당혹스러운 얼굴로 공주를 쳐다봤다. 그또한 십만 골드가 나올 거라고는 예상치 못한 것 같았다. 애당초 공주에게 십만 골드를 투자할 능력이 있다니?

'지금 뭣도 모르고 장난질을 치는 건가?'

그럴 가능성이 농후했다. 공주 하이리에 대해서는 많이 알려지지 않았다. 만약 그 친 오라비인 황태자와 비슷한 성정이라면, 저런 장난질을 치고도 남을 것이리라.

'이대로 입찰시켜야 정신을 차릴 터인데.'

오번 파커 개인의 생각은 그랬다. 하지만 그 생각대로 일을 처리할 순 없었다. 지금 이 순간에도 계속해서 들려왔으니까. 오번 파커의 새로운 주인, 교주의 목소리가.

(반드시 손에 넣어라. 반드시! 돈은 얼마든지 주겠다!)

어디서 들려오는 소리일까?

오번은 알 도리가 없었다.

그저 시키는 대로 따를 뿐.

"십오만 골……."

"이십만 골드."

오번의 입찰이 끝나기도 전이었다.

공주가 이십만 골드를 불러 버렸다.

참여자 모두의 눈이 휘둥그레졌다. 몇몇은 혀까지 끌끌 차버렸다.

장난이라고 판단해 버린 거다.

"이십오만 골……."

"삼십만 골드."

금액이 거기까지 치솟자 오번은 자신도 모르게 벌떡 일어났다. 흥분한 듯 목청마저 높이기 시작했다.

"오십만! 오십만 골드!"

용언서의 가격은 이제 어지간한 황성 내 대저택의 값을 넘어서고 있었다. 공주도 고민하는 눈치였다. 정확히는 고민하는 척을 했다.

'이안 님께선 딱 백만 골드까지 불러보라 하셨지.'

공주 또한 이안의 부탁을 받고 여기까지 왔다. 포이언 상단의 대행수가 그랬던 것처럼, 그녀도 이안에게 한 가지 약속을 받아낸 상태였다.

바로 자신의 '두 번째 스승'이 되어주는 것.

'거기까지 올리면 귀족들이 날 이상하게 보겠지만…… 괜찮아. 이안 님까지 공범으로 만들 수만 있다면. 그리고…….'

두 번째 스승이란 생각보다 많은 뜻이 내포되어 있었다. 이안마저 불법적으로 마법을 가르친 범죄자가 되는 셈이니까. 물론 이안은 공주의 그 속내를 진즉에 알아챘으나, 일단 수락해 줬다.

'철없는 나를 도와줬던, 그분들이 모두 안전할 수만 있다면.'

마음을 먹은 공주가 마지막 패를 날렸다.

"백만 골드."

그 한마디에 정적이 찾아온 경매장.

내리깔린 침묵으로부터 얼마나 지났을까?

"이백만…… 골드."

오번 파커가 이백만 골드를 불렀다.

스스로도 납득이 되지 않는 표정이었다.

심지어 공주는 가격을 올리지 않았다.

"…… 이, 이백만 골드. 더 없으십니까? 지금부터 다섯을 세도록 하겠습니다. 하, 하나! 둘!"

진행자가 초를 세기 시작했다.

"셋, 넷!"

마지막 초.

"다, 다섯!"

이윽고 용언서의 경매가 막을 내렸다. 그 금액은 이백만 골드. 모두가 얼떨떨한 표정이었다. 진행자부터 참가한 귀족들은 물론, 용언서를 낙찰받은 오번 파커마저도.

'물었군.'

무려 이백만 골드라는 액수.

절대 취미에 투자할 액수가 아니다.

아무리 돈이 썩어 나도 그럴 거다.

그러한 바로 미루어 보건데…….

'본인 의지가 아니겠지.'

이안은 확신할 수 있었다.

제국의 황성 귀족 오번 파커.

분명 저자의 뒤에 있으리라.

용언서를 탐내는 존재가.

반룡인이든, 아니든.

'움직여 볼까.'

"이런 젠장할, 이백만 골드라니!"

모든 경매 일정이 종료된 밤. 참여했던 귀족들은 모두 돌아갔다. 진행자와 상단도 빠져나갔다. 오직 별장의 주인 오번 파커만이 남아 와인으로 목을 축이고 있었다.

"별것도 아닌 계집년 장난질에……!"

아까 전의 경매를 떠올리니 분노가 치솟았다. 그 공주, 하이리 그린리버는 분명 장난질을 친 거다. 이백만 골드란 거액을 사치품 구입에 투자한다고? 황제도 아니고, 황태자도 아니고, 심지어 황자도 아닌 공주, 그러니까 계집 따위가?

'아무리 황제의 총애를 받는다 해도!'

값비싼 와인을 병째로 들어 벌컥거리기 시작한 오번 파커였다.

이백만 골드라는 자금이야 새로운 주인께서 충당해 주실 거다. 문제는 자신의 위신이었다. 경매에 참여했던 이들 중 대부분은 아직 교단에 속한 자가 아니다. 차차 속하도록 노력을 기하는 대상일 뿐, 그들이 자신을 어찌 생각하겠는가?

'공주의 빤히 보이는 장난질에 넘어가 이백만 골드를 골동품에 투자한 얼간이? 골동품 수집에 미친 놈? 하, 이런 말도 안 되는!'

오번이 와인 병을 거칠게 내려놓았다.

속은 쓰리지만, 어쩔 도리가 없었다.

새로운 주인께서 시킨 일이었으니까.

'왜 그토록 집착을 하신 거지?'

분명 대단한 책이긴 했다.

보는 것만으로도 느껴졌다.

문제는 이백만 골드라는 거다.

침착하기만 했다면 보다 쉽게 얻어낼 기회가 있었다.

'그런 목소리는 처음이었다.'

하나 새로운 주인, 교주는 침착하지 못했다. 용의 눈과 날개, 꼬리를 가진 그의 흥분 가득한 목소리, 단언컨대 처음이었다. 이 책에 정말 용의 언어라도 담긴 걸까?

"확실히, 확실히 신비롭긴 한데……."

멍하니 용언서를 펼쳐본 오번.

그 순간이었다. 목소리가 들려왔다.

(물건을 가져와라. 그곳으로.)

흠칫 놀란 오번이 주변을 둘러봤다. 아무도 없었다. 멀찍이 문밖에서 자신을 지키는 경호원들 밖에는. 도대체 어디서 들려오는 걸까? 자신의 아들이자 마법사인 파본 파커도 이러한 마법은 없다고 했거늘.

'상아탑주, 그 꼬맹이보다 위대한 마법사시니.'

그 점을 떠올리자 비로소 편안해졌다. 방금 전까지 오번 파커를 괴롭혔던 모든 걱정거리가 눈 녹듯 사라져 버렸다. 애당초 '용의 교단'에 충성을 맹세한 까닭, 그 까닭이 바로 교주의 힘이었으니까.

'나와 내 가문을 지켜줄 강자.'

오번 파커는 6년 전부터 불안함 속에 살았다. 아들의 장난으로 도망쳤던 레디오, 그 연금술사 놈이 이안 페이지에게 들러붙어 있단 소식을 접했다.

가족처럼 아낀다는 얘기도 들었다. 그때부터 쭉 살얼음판을 걷는 기분이었다. 놈이 고위 마법사가 되었을 당시 뇌물도 보내봤으나, 답례는커녕 반응조차 없었다.

'아직까진 낌새가 없었지만, 언젠가는 압박이 시작될 거다. 분명해. 이제 상아탑주라는 막대한 권력까지 틀어쥐었으니…….'

불안함 속에 살던 몇 년 전, 노기사 덤필 모릿을 통해 용의 교단을 만났고, 그때부터 교단의 일원이 되었다. 제국 수도의 '담당 전도사'라는 직책도 받았다.

'황제든, 용이든, 국교든, 그따위 것 아무래도 상관없다. 나와 내 가문, 내가 쥔 모든 것을 지키고, 계속 누릴 수만 있다면!'

다시 한번 마음을 다잡은 오번 파커. 그가 용언서와 함께 별장에서 빠져나갔다. 별장과 조금 떨어진 숲속으로 통하는 통로, 바로 그 비밀 통로를 이용했다. 경호원들을 따돌리기 위함이었다.

　'별장에 이런 통로라.'

　물론 아까부터 근처에 있었던 이안은 달랐다. 조금 거리만 둔 채로 오번의 뒤를 밟았다. 투명화 마법인 인비저빌리티도 해제시켰다. 마나를 아끼기 위함이었다.

　'어떤 놈이 기다리고 있을지 모르니까.'

　대신 그보다 하급의 마법들을 걸었다.

　기척을 지워주는 몇몇 보조 마법들.

　이 정도면 충분했다.

　사박. 사박······.

　풀을 밟으며 나아가는 소리.

　오번 파커의 발이 내는 소리였다.

　숲속 깊숙이, 더 깊숙이.

　얼마나 깊숙하게 들어왔을까?

　큼직한 바위가 자리 잡은 공터.

　그 바위 앞에 오번이 멈췄다.

　"여기에 두겠습니다."

　오번 파커가 작은 소리로 중얼대더니 용언서를 내려놓았

다. 비단을 한 장 깔아두는 것도 잊지 않았다. 용언서는 먼지 한 톨 묻어나지 않지만, 그 사실을 알 턱이 없었다.

"예? 아…… 알겠습니다. 그럼 먼저 물러가 보도록 하겠습니다. 필요하신 것이 있으시다면 언제든지 말씀해주시길. 바로 대령하겠습니다. 예."

누군가에게 명령이라도 들은 모양새였다. 허둥대며 빠져나가는 꼴이 딱 그랬다. 이안 역시 오번으로부터 관심을 거두었다. 대신 오감의 강화에 집중했다. 이제 곧 용언서 앞에 나타날 존재, 그 기척을 한발 먼저 감지해 내기 위하여.

'드래고니안일까?'

그랬으면 좋겠다.

아니, 그래야만 한다.

사박!

오감이 집중된 바로 그때였다.

누군가 바위 앞으로 다가왔다.

겉은 인간과 비슷한 형상이었다. 머리와 몸뚱이, 팔과 다리까지는.

하나 다른 점이 있다면 두 가지.

등에 돋아난 한 쌍의 징그러운 날개, 그리고 허리 아래에 늘어진 꼬리였다.

'페어리 퀸이 말했던 모습과 일치한다.'

그녀의 설명으로는 분명 그랬다.

용의 날개와 꼬리, 눈을 가졌다고.

반룡인, 드래고니안이란 존재들은.

'제대로 물었군.'

반신반의하며 계획했던 미끼.

생각보다 수월하게 흘러갔다.

'제압이 먼저다.'

목표는 어디까지나 제압, 그래야 '권속의 마법'을 시도해 볼 수 있을 테니까. 복잡하고 긴 주문 아니겠는가? 발동의 범위조차 좁다.

페어리 퀸과 용아병이야 가까이서, 적대적이지 않은 상태로 사용했다지만, 저항하는 적을 상대로는 준비가 필요했다.

'최소한 움직임이라도 묶어놔야겠지.'

처음엔 대화부터 시도할까 고려했었다.

용언 마법을 보여준다면 쉽지 않을까?

페어리 퀸의 경우처럼 말이다.

결론은 보류였다.

'적인지 아군인지 알 수가 없으니까.'

페어리 퀸에 대해서는 확실한 정보와 경험이 있었다. 하나 드래고니안은 아니다. 일면식조차 없는 존재이며, 인간 사회에 섞여 무언가를 꾸미고도 있다.

한데 무작정 용언 마법부터 보여준다? 그 용언 한 방이면 마나가 거덜 나 버린다. 적일지도 모르는 존재 앞에서 무방

비 상태로 방치된다는 얘기다.

'그건 좀 위험하잖아.'

좀이 아니라 많이 위험할 터.

곧장 행동으로 나서는 이안이었다.

놈의 정신이 용언서에 팔려 있을 때.

지금이야말로 절호의 기회였으니까.

'프로즌 셰클스.'

이안이 불러낸 냉기, 그 고리 모양 냉기가 드래고니안의 발목으로 접근했다.

'잡아.'

드래고니안의 지척까지 도달한 고리 모양 냉기, 그 응축된 냉기가 가까워진 대상을 집어삼키기 시작했다. 물론 그 대상은 드래고니안의 발목이었다.

콰득! 콰드득! 콰득!

드래고니안의 하반신이 빠르게 얼어붙었다.

곧 상반신마저 모조리 얼어붙을 기세였다.

'지금!'

기다렸던 이안이 드래고니안을 향하여 쏜살처럼 튀어나갔다. 동시에 권속의 주문을 계산하기 시작했다. 놈과 가까이 붙을 때쯤 주문 역시 완성될 터. 그야말로 속전속결!

"……?"

하나 이안의 첫 번째 계획은 실패로 돌아갈 것 같았다. 얼어붙은 놈의 육신이 흐릿해지고 있었으니까. 마치 소멸이라도 되는 것처럼.

'분신?'

이안 역시 비슷한 분신을 만들어낼 수 있다. 6클래스 상당의 마법, '퍼핏 플레이'로 하여금. 그렇기에 가늠하기도 쉬웠다. 페어리 퀸의 말이 옳았던 거다. 이 드래고니안이란 족속은…….

'나와 비슷한 수준이거나.'

혹은 그 이상의 마법사.

생각이 거기까지 닿았을 때.

콰앙-!

놈의 분신이 폭발했다.

단순한 폭발이 아니었다.

대량으로 응집된 마나의 폭발.

빠른 배리어가 아니었다면 죽었을 터.

(제법이다. 그 순간에 배리어라니.)

동시에 들려오는 목소리.

권속들의 방식과 같았다.

귀가 아닌, 머리로부터 들려왔다.

이것으로 놈의 정체는 확실했다.

'드래고니안.'

이안이 빠르게 마나를 끌어 모았다.

날선 적의가 명백한 폭발이었다.

싸움은 피할 수 없을 터.

한데, 조금 이상했다.

(저런 인간도 있어? 인간 수준이 아닌데?)

(아! 저놈이 그놈인가? 그 이안…… 뭐더라?)

(이안 페이지, 애써 키운 노인네 잡아 족친 놈.)

들려오는 목소리, 아니, 목소리들이었다.

한 명의 것이 아니었으니까.

'여자 하나에 남자가 둘.'

총 세 부류의 목소리가 들렸다.

이안이 듣기로는 그랬다.

전부 드래고니안일까?

'한 놈이 아니었군.'

문득 페어리 퀸의 설명이 떠올랐다. 드래고니안의 머릿수가 여덟은 될 거라는 얘기. 또한 그 수에서 멈춰 있을 거라는 얘기까지. 아무래도 함께 활동하는 모양이었다.

(인간 마법사야. 네놈이 아까부터 경매장 주변을 기웃거렸던 사실, 진즉에 눈치채고 있었다. 무슨 꿍꿍이인지는 모르겠다만, 보아하니 이 책을 미끼 삼아 수작질이라도 해보려는 것 같은데…….)

이윽고 하늘로부터 세 마리의 드래고니안이 나타났다. 셋 모두 붉은 날개와 꼬리를 가진 반룡인이었다. 붉은 용의 씨

앗으로부터 태어났음이 분명해 보였다.

(아서라. 덫은 네놈이 놓은 게 아니야. 우리가 놓은 거지.)

드래고니안은 생각보다 철저했다. 경매가 시작되었던 그때부터 이안의 존재를 알아챘는데도 반응하지 않았다. 대신 일족들을 불러냈다.

상대는 6클래스의 인간 마법사, 질 것 같지는 않았으나, 확실한 게 좋았다.

(뭔가 이것저것 알고 있는 것 같은데…… 무엇이냐? 네놈이 알고 있는 것, 하고자 했던 수작질. 숨김없이 말하는 게 좋을 거다.)

아까부터 대화를 주도해 나가는 드래고니안. 중후한 목소리를 가진 놈의 눈매가 이안을 훑었다. 먹잇감을 바라보는 맹수의 그것과 흡사했다.

(네놈 정도 되는 마법사라면 눈치챘겠다만, 이미 도망치긴 글렀다. 아마 살아남기도 힘들겠지. 그러니 말해보아라. 경우에 따라 살려줄 수도 있다. 사실 죽이기는 또 아깝거든. 여러모로.)

드래고니안의 말이 틀리지는 않았다. 셋 모두 이안과 비슷하거나, 그 이상을 바라보는 마법사 아니겠는가? 제아무리 이안이라도 방법이 없었다. 혈혈단신으로 놈들을 제압해 내거나, 혹은 놈들의 추격을 뚫고 도망칠 방도가.

'그래, 없지.'

그러나 이안은 당황하지 않았다.

오히려 여유로운 얼굴이었다.

그래, 지금으로선 없다.

그 방법이란 수단이.

다만, 어디까지나.

'혈혈단신으로는.'

이안이 품속에서 무언가를 꺼내 들었다.

자그마한 주머니, '아공간 주머니'였다.

"그래서, 나 잡자고 셋이나 몰려왔습니까?"

(네놈은 인간의 한계를 넘어선 마법사가 아니더냐? 나로서도 부담이 되는 존재, 철저해서 나쁠 건 없지. 탓하려거든 홀로 여기까지 기어온 네놈의 발이나 탓해라.)

"홀로 왔다니요. 그럴 리가."

(……뭐?)

이안의 말에 드래고니안 하나가 광범위 디텍트 주문부터 펼쳤다. 숨어 있는 자가 있는지 확인하기 위함이었다. 하나 주변 일대에는 아무도 없었다. 인즉.

(이 와중에도 허세를 부리는 건가?)

조소를 머금은 드래고니안의 말에.

"허세는 아니고."

넌지시 내뱉어준 이안의 한마디.

그 한마디와 함께 묶음을 풀어냈다.

아공간 주머니의 주둥이를 막은 묶음을.

"당신들도."

거기서 끝이 아니었다.

이안의 오른손이 주머니 안으로 들어갔다.

곧이어 새하얀 조각을 한 움큼씩 끄집어냈다.

"간만에."

그 조각들의 정체는 바로 '용의 뼛조각'.

그 수많은 뼛조각이 사방으로 뿌려졌다.

한 움큼, 한 움큼, 또 한 움큼.

마나가 실렸기에 땅으로 쏙쏙 박혔다.

그로부터 몇 초나 지났을까?

쿠구구구구구……!

거센 진동이 느껴졌다.

생각보다 큰 진동이었다.

지진이라 해도 믿을 정도였다.

"친구들 얼굴이나 좀."

진동의 결과는 더더욱 경악스러웠다. 뼛조각들이 심어진 흙바닥, 그 모든 곳에서부터 기어 나오기 시작했으니까. 가장 커다란 덩치를 자랑하는 용아병 '스파르토이'와 함께, 뿌려진 뼛조각의 수대로 수십 마리에 달하는 '빈껍데기' 용아병들이.

"보시라고."

(스파르토이?)

중년 남성의 목소리를 가진 드래고니안. 셋 중 가장 연장자이자 우두머리로 보이는 그가 놀란 듯 중얼거렸다.

동족이 아닌 다른 권속과 수백 년 만에 조우하는 상황이 아니던가? 특히 스파르토이는 쭉 수면에 들어 있었기에, 다른 권속들보다도 오랜 세월을 만나볼 수가 없었다.

(자네가 왜?)

(에반투스…… 오랜만에…… 보는군.)

드래고니안 '에반투스'를 본 용아병 스파르토이의 심정이 복잡해졌다. 하나 권속의 힘을 뿌리치기도 힘들었다. 그 힘을 가진 인간, 이안 페이지의 명령을 따를 수밖에는.

(도리가…… 없음을…… 용서해 주게.)

스파르토이를 중심으로 수많은 용아병 부대가 이안의 주변에 포진했다. 방패의 진이었다. 그들은 본디 드래곤의 방패, 그 권능을 사용하기 시작한 것이다. 인간 마법사, 이안 페이지를 지키기 위하여.

(스파르토이! 이게 무슨 짓인가?)

드래고니안들의 우두머리, '에반투스'가 어금니를 뿌득 물었다. 도대체 왜 스파르토이가 저 인간 마법사 따위를 돕고 있단 말인가? 이해할 수가 없었다.

'아니, 괜찮다. 당황할 필요는 없지.'

하지만 곧 침착함을 되찾는 에반투스였다. 그래 봐야 용아병이다. 방패는 될지언정 느려터진 권속들이다. 비행 역시 불가능하다. 강력한 투창 능력을 보유했으나, 그마저도 한계가 있다.

반면 드래고니안들은 자유로운 비행 능력을 가졌다. 그 움직임 또한 재빠르다. 일단 도망치면 그만이라는 거다.

(인간 마법사여. 무슨 짓을 한 건지는 모르겠지만, 일단 물러가도록 하지. 조만간 다시 보는 날이 올 거다. 그대는 상아탑의 주인, 도망칠 수도 없을 터이니.)

이안에게 으름장을 놓는 에반투스.

협박이라도 하듯 으르렁거렸다.

하나 이안의 표정은 여전했다.

태연했고, 여유로움마저 묻어났다.

"누구 마음대로?"

(용아병을 믿는 모양이군. 그들에게도 한계가…….)

에반투스의 목소리가 일순간 끊어졌다. 기척이 느껴진 탓이었다. 아래가 아닌, 바로 자신들과 비슷한 높이의 공중. 그것도 사방으로부터 전해졌다. 한둘이 아니라는 얘기다.

(저들은…….)

세 마리 드래고니안의 퇴로를 포위하며 몰려드는 존재, 하나같이 작은 몸뚱이를 가졌으며, 하얀 머리칼과 날개를 가졌다. 개중에는 연분홍빛 머리와 날개를 가진 이도 있었다.

(페어리…… 일족?)

용아병 스파르토이에 이어 페어리 일족이라니? 도대체 이 꽁꽁 숨어살던 권속들이 어디서 튀어나오고 있단 말인가?

(여왕까지……?)

무수히 많은 페어리 일족 중 페어리 퀸의 존재까지 확인한 에반투스. 그의 낯빛이 급격하게 어두워졌다. 갑작스런 전개에 상황조차 제대로 가늠하기 힘들었다.

(오랜만이구나. 에반투스.)

(여왕, 당신도 저 인간을 돕는 건가?)

(사정이 그렇게 되었느니라.)

(어째서? 이유가 뭐지?)

(말로 하긴 복잡해. 겪어봐야 알지.)

드래고니안 에반투스의 입장에서는 참으로 답답했다. 당장의 정황도 이해가 되지를 않거니와, 용아병과 페어리 퀸 모두 알아들을 수 없는 소리만 떠들고 있었으니까.

도대체 무슨 도리가 없고, 무엇이 복잡하며, 뭘 겪어봐야 안다는 걸까?

(나도 그냥 스파르토이, 저 뼈다귀 놈처럼 생각하기로 했단다. 이 모든 게 그분들의 뜻이겠지. 그렇지 않고서야 너무들 하시잖아? 그렇지 않느냐?)

(무, 무슨 소리를…….)

(곧 알게 될 거야. 너도.)

졸지에 전세가 역전되어 버렸다. 공중은 페어리 퀸과 그 일족들이. 아래로는 용아병 부대와 이안 페이지가. 그야말로 하늘과 땅 모든 곳을 적에게 장악당한 상태였다.

(뭐, 뭐가 어떻게 된 거야? 아버지?)

여인의 육신과 목소리를 가진 드래고니안이 에반투스에게 물었다. 아버지라고 부르는 것으로 보아, 딸인 것 같았다.

(…….)

그 물음에 에반투스는 아무 말도 하지 못했다. 할 수 있는 말이 없었으니까. 난데없이 등장한 페어리 퀸과 용아병, 심지어 아군조차 아니다. 모두 저 인간 마법사 이안 페이지를 돕는 것 같았다.

'이 무슨 경우란 말인가……?'

에반투스는 당혹스러웠다.

예상이나 해봤겠는가?

지금과 같은 상황을.

'이 녀석들을 대동한 게 오히려 패착이군.'

에반투스의 마법적 경지는 순간이동 주문 '텔레포트'를 사용하기에 부족함이 없었다. 혼자의 몸이었다면 여전히 도망칠 수 있다는 소리다.

문제는 나머지 드래고니안들, 이들의 마법적 역량은 에반투스 자신보다 현저히 떨어졌다.

(아, 아버지…….)

나머지 두 명의 드래고니안들도 어렵지 않게 깨달았다. 상황은 한순간에 역전되었고, 자신들은 아비의 짐이 되어버렸단 사실을.

(인간, 원하는 게 무엇이냐? 여왕과 용아병의 도움을 받는 것으로 짐작하건대, 아마 뚜렷한 요구사항이 있어 나를 추적했겠지. 정확히는 우리 드래고니안이란 존재를…….)

드래고니안 에반투스는 선택했다.

협상이 가능하다면, 하는 수밖에.

퇴로는 없다. 이길 방법 역시 없다.

용아병 부대와 페어리 일족들.

6클래스의 인간 마법사까지.

저들을 무슨 수로 이길까?

(가능한 것이라면 들어주겠다. 원하는 바를 말해라.)

우선 권속들의 비호를 받는 인간 마법사, 이안 페이지가 원하는 것부터 들어봐야 했다. 그래야 놈의 목적과 권속들의 사정을 대략적으로나마 짐작해 볼 수 있을 터.

"대화부터 좀 나눠볼까요?"

이안이 정중해진 어조로 말했다.

적의가 한풀 꺾인 목소리였다.

"할 얘기가 많은데."

그 제안에 잠시 멈칫거렸던 에반투스.

마음을 먹은 듯 지상으로 내려갔다.

다른 두 명의 드래고니안도 함께.

"세 분 다 이쪽으로."

이윽고 이안과 드래고니안들의 거리가 가까워졌다. 이렇게 보니 날개와 꼬리가 더더욱 눈에 들어왔다. 얼굴만 놓고 보자면 꽤나 미남미녀였는데, 파충류와 같은 눈동자가 유일한 흠이었다. 물론 그들에게는 용의 핏줄을 증명하는 자랑거리일 테지만.

"제가 드리고 싶은 부탁은……."

살짝 말꼬리를 흐린 이안.

그의 목적은 따로 있었다.

지금이라면 가능했다.

지척까지 다가왔다.

반항하지도 않는다.

딱 좋은 조건이었다.

'권속의 힘을 발동시키기에.'

이안의 의도를 눈치챈 걸까? 페어리 퀸도, 용아병도 고개를 절레절레 흔들었다. 곧 자신들과 똑같은 처지가 될 권속 동지, 드래고니안 에반투스를 안타까워하는 마음으로.

(뭔가? 말해보라.)

"그러니까……."

이안의 권속의 주문을 발동시켰다.

동시에 황금빛 마나가 일렁거렸다.

아주 강렬한 황금빛이었다.

"앞으로 잘 부탁드립니다."

(뭐……?)

황금빛 마나가 에반투스를 감쌌다.

페어리 퀸 에스펠이 그랬던 것처럼.

용아병 스파토이가 그랬던 것처럼.

에반투스 역시 한동안 말이 없었다.

그저 당혹스러운 눈으로 바라볼 뿐.

이안을, 페어리 퀸을, 스파르토이를.

그리고 자기 자신의 양쪽 손바닥을.

(이, 이게 도대체…….)

권속이라면 본능적으로 느낄 수 있다.

그분들, 용에게나 느낄 수 있는 힘.

그 거부할 수 없는 마력이 느껴졌다.

인간 마법사, 이안 페이지로부터.

(그분들? 아니, 그럴 리가.)

드래고니안은 유독 심해 보였다.

권속의 힘에 혼란을 느끼는 정도가.

페어리 퀸과 스파르토이보다도 훨씬.

품은 감정이 남다르기 때문일까?

드래곤이라는 존재가 부모나 마찬가지일 테니까.

"음……?"

드래고니안들이 상황을 파악할 수 있도록 시간을 줬던 이
안, 그의 눈에 의아함이 서렸다. 분명 에반투스는 권속의 힘이
닿았다. 그 여파로 저토록 혼란스러워하고 있지 않던가? 한데
나머지 두 명의 드래고니안은 전혀 그러한 기색이 없었다.

　　"두 분께서는 문제가 없으십니까?"

　　이안이 묻자 움찔거리는 드래고니안들. 정곡이었다. 이안의
질문 그대로였으니까. 권속의 힘은커녕 그 무엇도 느껴지지
않았다. 그저 에반투스의 반응에 당혹감을 느끼고 있을 뿐.

　　(……그들은 나의 자손, 그분들의 권속이 아니다. 그 아이
들이 태어났을 때, 이미 그분들께서는 자취를 감추신 뒤였
다. 만난 적도 없는데 어찌 권속이 될 수 있겠나?)

　　에반투스가 나지막이 중얼거렸다. 그렇다. 에반투스를 제
외한 나머지 두 드래고니안은 드래곤의 자손이 아닌, 에반투
스 본인의 자손이란 뜻이었다. 일종의 3대 후손이라고도 표
현할 수 있으리라.

　　(하기야, 그렇겠네. 우리 일족의 아이들도 비슷하느니라.
내가 그분들의 권속일 뿐, 일족의 아이들은 여왕인 나의 말
에 복종하는 권속들이지. 비슷할 게다.)

　　에반투스의 설명에 페어리 퀸이 고개를 끄덕이며 첨언했
다. 조금 더 간단히 표현하자면 '권속의 권속'이란 뜻이다.
페어리 퀸과 페어리들이 그런 것처럼, 에반투스와 나머지 드
래고니안들도.

"흐음."

권속의 힘이 먹히지 않는 반룡인이라.

난감함을 느끼는 이안이었다.

불확실한 존재가 아니겠는가?

하나 곧 생각을 정리시켰다.

묘수가 떠오른 덕이었다.

"자손이라면, 아마 당신께서."

(에반투스다.)

"에반투스 님께서 아버지가 되시는 입장입니까?"

(그렇다.)

"인간들과 비슷한 관계겠죠? 드래고니안 분들도. 예를 들자면 부정이라든지……."

(인간과 비슷한 관계? 권력과 돈 앞에 서로를 팔아먹는 너희 인간들과 우리 일족을 비교하는 것인가? 모욕적이군.)

"그거 다행이군요."

에반투스의 비아냥거림에도 태연하게 대꾸하는 이안이었다. 오히려 그 비아냥거림이야말로 이안이 가장 듣고 싶었던 얘기였으니까.

"그럼, 지금부터."

이안이 에반투스를, 이어서 두 명의 드래고니안을 한 번씩 훑어보며 말했다. 방금까지와는 다르게 조금 싸늘해진 목소리였다.

"권속의 힘으로 명하겠습니다."

권속의 힘이라는 표현에 에반투스가 집중했다. 스스로의 의지와는 상관이 없었다. 불가항력이라는 말이 딱 어울렸다. 함께 듣고 있는 페어리 퀸과 스파르토이도 마찬가지였다.

"권속의 힘이 미치지 않는 두 드래고니안께서는 이후, 어떠한 수작도 꾸미지 마시기를 권합니다. 만약 허튼 수작을 부리신다면, 에반투스 님께서 직접 관련자들을 처리하고 자결하시길 명합니다."

(뭐…… 뭐라고?)

자식이 허튼 수작을 부린다면, 아비 된 자가 그 자식들을 죽이고 자결하라.

당혹스럽다 못해 잔인하기까지 한 명령이었다. 심지어 따라야만 한다. 권속의 힘이 작용되는 이상에는 무조건적으로.

(그, 그런 말도 안……!)

"만약 자손들께서 꾸민 수작에 저와 제 주변이 다치거나, 죽거나, 곤경에 빠진다면 그 역시, 에반투스 님께서 직접 자손들을 처리하고 자결하시길 명하겠습니다."

(……!)

이안의 명령에는 거침이 없었다.

이어지는 명령 또한 마찬가지였다.

권속의 힘이 통하지 않는 드래고니안.

그 둘을 무력화시킬 명령이 이어졌다.

"마지막으로, 여왕님과 스파르토이 님께 명합니다. 에반투스 님의 자손들이 허튼 수작을 부릴 경우, 두 권속께서는 드래고니안을 평생토록 추적해 멸족시키십시오."

이안의 명령이 거기까지 닿았을 때.

그 누구도 말소리를 내지 못했다.

붉은 드래고니안 에반투스도.

에반투스의 두 아들과 딸도.

페어리 퀸과 스파르토이까지.

다만, 공통된 생각들을 떠올렸다.

'……지독한 인간이다.'

권속들의 속내를 읽은 걸까?

피식 웃어 보이는 이안이었다.

물론 그 누구도 따라 웃진 못했다.

"대충 정리가 된 것 같은데…… 본론으로 들어가 보도록 하죠. 드래고니안 분들께 물어볼 얘기도 많고, 듣고 싶은 것도 많긴 합니다만, 일단은."

알아내고 싶은 것 천지였다.

먼저 용의 교단이 맞는지.

어떤 목적을 가지고 있는지.

무슨 짓을 꾸미고 있는 건지.

교단의 규모는 얼마나 되는지.

전생과 다른 점은 무엇인지.

'내 손에 넣을 수 있는 세력인지.'

무엇보다도.

'엘릭서도 완성시켜야겠지.'

할 일이 많아졌다.

3장
붉은 용의 다섯 숨결

"공주 마마. 어딜 다녀오셨습니까?"

"그냥, 볼일 좀 보고 왔지."

공주궁으로 돌아온 공주 하이리.

그녀에게 전담 하녀들이 물었다.

"너무 늦으셔서 얼마나 놀랐는데요!"

"걱정이 아니라 놀라기만?"

"걱정이야…… 조금?"

이전까지도 종종 황궁 사람들 몰래 도시 구경을 하곤 했던 그녀였지만, 오늘처럼 늦게 돌아온 경우는 처음이었다. 물론 걱정까지 하진 않았다. 지금 곁에 있는 하녀들은 모두 오래된 친구나 다름없는 아이들, 공주가 마법사란 사실 또한 알고 있었으니까.

"세나, 아리아, 캐서린."

"네?"

갑작스런 공주의 호명에 놀란 듯 대답하는 하녀들이었다. 평소에도 하녀들의 이름을 자주 부르는 공주였지만, 이번만큼은 목소리로부터 무거움이 느껴졌다.

"미안해."

"무, 무엇이 말씀이십니까?"

"전부 다."

뜬금없는 사과까지.

정말 무슨 일이라도 생길 걸까?

하녀들이 눈에 걱정이 차올랐다.

"아니, 그렇게 볼 건 없어. 너희들한테 사과하고 싶었거든. 예전부터 항상, 나 때문에 휘말렸잖아? 상아탑 눈치나 봐야 하고."

철없는 판단으로 마법사임을 숨기기 시작한 이래, 공주는 단 하루도 마음 편한 날이 없었다. 자신의 안위에 대한 걱정 탓이 아니었다. 바로 지금, 주변의 하녀들과 같은 측근들의 안위가 문제였다. 오늘 이안의 부탁을 수행한 이유도 그래서였다.

"미안해. 모두. 정말로."

얼마 전, 불쑥 자신을 찾아온 이안에 얼마나 놀랐던지. 심지어 도와달란다. 이 황궁에 공주는 필요가 없으니 하고 싶은 거 하면서 살아라. 매몰차면서도 홀가분한 조언을 해줬던 그가 도움을 요청했다. 따지자면 거래였다. 상응하는 부탁도 들어준단 조건이었으니까. 어려운 일도 아니었다.

'다시 한번 부탁해 볼까도 했지만……'

이왕 기회가 온 김에 다시 한번 부탁해 보고자 했다. 자신이 마법사임을 숨겨준 수많은 사람, 그들의 죄라도 덮어달라고.

하나 곧 마음을 고쳐먹었다. 흑마법 검사 당시 이안이 보여줬던 완강함, 그 신념을 깨뜨리기가 조심스러웠다. 하여 스승이 되어달라는 부탁을 했다.

'공범으로 만들면, 조금은 더 안전해질 테니까.'

이안을 스승으로 만들어 불법적인 마법 교육의 공범으로 만들어 버린다. 공주가 택한 안전장치는 그것이었다. 물론 이안에게 마법을 배우고 싶은 마음도 컸다.

보다 강력한 마법사가 되고자 하는, 하여 지금보다 높은 지위에 오르고자 하는 목적이 생겨버렸으니까. 물론 그 까닭은 일신의 명예 따위가 아니었다.

'내가 저지른 일에.'

이안의 충고를 받았던, 그날 이후, 많은 고민에 밤잠까지 설쳤던 하이리였다. 정말 세상 밖으로 나가볼까? 아니면 다 잊은 채 공주로서의 행복을 누리며 살까? 아니, 그녀가 해야 할 일은 정해져 있었다.

'책임을 져야 해. 어떻게든.'

이안이 눈을 감아준다 한들 평생토록 숨길 수 있을까? 들킬 가능성은 얼마든지 존재한다. 뿐인가? 들키는 순간 다치는 건 본인이 아니다. 자신의 비밀을 지켜줬던 수많은 사람이 다치겠지.

'혹시라도, 내가 고위 마법사의 경지에 오른다면. 만에 하나 그 이상까지 오르게 된다면…….'

자력으로도 가능하지 않을까? 철없는 공주의 부탁을 들어줬던 사람들, 죄가 있다면 황족의 말을 거역하지 못한 죄밖에 없는 그들을 무죄로 만들어주는 것이.

'한 단계만 더 올라가면 돼. 한 단계만.'

이안의 제자가 되는 것을 선택한 이유.

계속 마법사의 길을 걷기로 한 이유.

책임을 지고자 다짐한 까닭이었다.

자신을 도와준, 죄 없는 사람들을.

"에이, 뭐가 미안하세요?"

"……응?"

사과를 들은 하녀들이 말했다.

별거 아니라는 표정이었다.

"오히려 그 비밀을 분담한 덕에 마마께서 아껴주시고, 챙겨주시잖아요? 마마께서는 모르시겠지만, 저흰 그래서 엄청

편해졌어요. 공주 마마 파벌이라고도 불려요. 저희가."

"파, 파벌?"

공주 마마 파벌이라니.

하이리로서는 듣도 보도 못했다.

딱히 파벌을 이룬 적은 없었으니까.

"네. 모르셨죠? 저희가 이래 보여도…….'"

"공주궁의 실세랍니다."

"시녀장님도 함부로 못 해요."

세 하녀들의 딱딱 맞는 화답에.

"시, 실세라니…….'"

전혀 몰랐던 공주가 중얼거렸다. 위험한 비밀을 짊어진 그
녀들은 나름대로, 일종의 보상을 받고 있는 상황이었다. 물
론 그 무게에 비할 바 있겠냐만, 저리 밝은 모습을 보여주는
것만으로도 고마움이 느껴지는 공주, 하이리 그린리버였다.

"참, 공주 마마. 이것 좀 보세요."

하녀 캐서린이 고급스러운 함을 하나 가져왔다.

겉보기로도 화려한 장식과 문양으로 가득했다.

딸칵!

그 안은 더더욱 가관이었다.

온갖 장신구에 보석들이 즐비했다.

"말론 가문의 소가주님께서 보내신 선물이에요."

"말론 가문? 선물?"

"이번에 혼담이 오고 갔던 그분이요."

"아……."

황성의 실세 가문 중 하나. '말론 가문'의 소가주, 아담 말론이란 이름을 가진 미청년이었다. 하이리와 혼담이 강력하게 연결된 귀족이기도 했다.

"예쁘죠? 소가주님께서 안목이 좀 있으시네요."

"얘는, 그 가문 공녀님이나 하녀들 시켰겠지."

"아, 그런가? 그래도 예쁘다아."

하녀들이 한마디씩 거드는 그때.

"나, 나는 별로."

하이리가 함의 뚜껑을 툭 닫으며 말했다.

적어도 지금은 혼담 따위, 떠올리기도 싫었다.

'아직 할 일이 많아.'

그래, 그녀는 할 일이 많다.

한데 그것만은 아닌 것 같았다.

혼인에 거부감부터 드는 이유가.

'왜 자꾸 생각나는 거지?'

상아탑의 젊은 탑주 이안 페이지. 그의 냉랭한 얼굴과 목소리가 떠올랐다. 그는 단지 주변 사람들을 지킬 수단일 뿐인데, 말론 가문의 소가주와 비교하자면 그리 미남도 아닌데, 심지어 자신보다도 2살씩이나 어린데. 그런데 왜?

'내, 내가 무슨 생각을.'

하이리가 고개를 세차게 흔들었다.

머리가 다 어지러워질 정도로.

이안이 경매의 참여자로 공주를 선택한 이유는 간단했다.

그녀가 높으면서도 할 일 없기로 소문난 위치, '공주'였으니까. 귀족의 취미 생활에 초대장 없이 스며들 수 있되, 그 행동으로부터 별다른 의심조차 사지 않을 존재 아니겠는가?

'약점도 있고.'

심지어 이안은 그녀의 약점까지 쥐고 있으니, 이런 일에 전면으로 써먹기 딱 좋은 도구였다. 심지어 3클래스 마법사이기도 했다. 문제시 자기 몸 하나는 지킬 수 있으리라.

'다시 부탁할 줄 알았는데.'

한 가지 의외가 있다면 공주의 부탁이었다. 흑마법 검사 당시 언급했던 그 문제를 부탁할 거라 여겼다. 자신이 자수할 테니, 주변 사람들이라도 무죄로 만들어달라는 부탁 말이다. 한데 아니었다. 제자로 받아달란다. 물론 꿍꿍이가 빤히 보이긴 했다.

'그래도.'

이편이 더 마음에 들었다. 의외이기도 했다.

예상보다 채신머리가 깊은 공주였다.

자신의 실수를 인정하고, 책임까지 지고자 하는 의지가 느껴졌다. 새장 속의 새처럼 살다 요절한 전생과는 다르게, 아주 능동적인 모습이었다.

(도대체 나와 뭘 하고 싶은 거지?)

그때였다.

이안의 생각을 끊어주는 목소리.

붉은 드래고니안, 에반투스였다.

그는 아까부터 기다리고 있었다.

이안이 얘기할 '본론'이란 것을.

"아, 미안합니다. 생각 좀 하느라."

사과부터 건넨 이안이 생각을 정리했다.

공주에 관한 생각은 서랍 속에 넣었다.

대신 지금부터 처리할 일을 끄집어냈다.

"일단, 여쭤보고 싶은 것들이 있습니다. 용의 교단."

먼저 용의 교단에 관한 모든 것부터.

"에반투스 님께서 세우신 교단이 맞습니까?"

(맞다.)

"오번 파커면 황성의 귀족 중에도 꽤나 파급력을 가진 귀족입니다. 저런 귀족까지 수하로 부릴 정도라, 교단의 규모도 제법 클 것 같네요. 맞습니까?"

(그 또한 맞다.)

드래고니안 에반투스의 대답은 짧았다. 권속의 힘이 작용되어 대답을 하긴 했으나, 어떻게든 비협조적인 자세를 고수했다. 체념해 버린 페어리 퀸이나 인정해 버린 스파르토이와는 달리, 그는 체념도, 인정도 할 수 없었다.

'인간 따위가 그분들의 힘이라니?'

페어리 퀸은 체념.

스파르토이는 인정.

드래고니안은 부정.

각자의 성격이 묻어났다.

물론 그러든지 말든지.

이안은 신경 쓰지 않았다.

드래고니안이 대답을 대충한다?

상세하게 물어보면 그만이다.

"좋습니다. 교단의 자세한 구성원과 규모는 나중에 듣도록 하고, 다른 질문부터 드리죠. 정확한 목적이 뭡니까? 교단의 목적 말입니다."

(그분들을 찾기 위해서다.)

"자세히."

(……세상의 9할을 너희 인간들이 차지하고 있지 않나? 어딜 가나 존재하는 너희들을 이용하고자 했을 뿐이다. 그분들의 행방에 관한 단서를 찾아낼 수 있도록.)

"그건 드래고니안 분들의 목적이겠고, 오번 파커와 같은 귀족들은 아닐 텐데요?"

(물론, 인간의 지배층에게는 몇몇 허상을 심어줬다.)

"허상?"

(입맛대로 움직일 수 있는 허수아비 황제, 국교의 변경, 내가 지닌 강력한 마법과 도구를 통한 절대적인 보호 등. 그들이 원하는 부분들을 보장해 줬다.)

쉽게 말하자면 '실세'가 되는 것.

귀족들의 욕심을 자극했다는 거다.

이안도 충분히 예상했던 바였다.

그렇기에 더더욱 알 수 없었다.

이 정도의 규모를 가진 교단.

뚜렷한 목적까지 가진 교단.

그런 자들이 전생에는 왜?

'아무런 두각도 나타내지 못했지?'

그 사실을 알아볼 차례였다.

대놓고 물어볼 수는 없었다.

전생과 현재의 차이점을 조금씩 대조해 보는 수밖에.

"교단 활동은 언제부터 시작하셨죠?"

(네놈이 수십 곱절을 살고 죽어야 할 정도로 오래되었다만, 지금처럼 너희 인간들의 하찮은 욕심까지 자극하며 활동한 것은 얼마 되지 않았지.)

"본격적으로 시작한 이유가 따로 있습니까?"

(목적이 생겼다.)

"목적?"

(내 아이들.)

드래고니안 에반투스가 자신의 아들딸을 바라보았다.

(내 아이들은 그분들께 세월의 허락을 받아야만 한다. 그 래야 드래고니안으로서 타고난 수명을 끝까지 누릴 수 있지. 나는 오래전에 받았지만, 내 아이들은 그러지 못했다.)

에반투스의 자손들은 드래곤들이 사라진 이후 태어났다고 했다. 그 '세월의 허락'이란 것을 받고 싶어도 불가능했으리라.

(우리 드래고니안은 그분들의 핏줄이긴 하나, 동시에 불명 예이기도 하다. 하찮은 종족과 정을 통했다는 증거 그 자체 니까. 그분들께서 원치 않으신다면 언제든 지워져야만 하는 존재, 그것이 바로 나와 내 동족, 그리고 후손들이지.)

에반투스의 길어진 대답.

지금까지와는 달랐다.

비통함마저 묻어났다.

(내 아이들이, 얼마 남지 않았다.)

얼마 남지 않았다는 말.

아마도 수명을 뜻할 터.

두 자손의 수명이.

"정확히 얼마나 남았습니까?"

(아마 백 년도 남지 않았을 거다.)

"……."

얼마 남지 않은 수명이 백 년이라니.

이안으로서는 전혀 공감할 수 없었지만.

(백 년조차 남지 않았다니…….)

(그것은…… 정말이지…… 문제로군…….)

페어리 퀸과 스파르토이의 반응은 달랐다.

진심으로 안타깝다는 분위기가 넘쳤다.

'어이가 없네.'

누구는 두 번을 살아도 백 년이 안 될 것 같은데, 새삼 단명의 족속으로서 애환을 느끼는 이안이었다.

(내 아이들이 성년의 수명을 부여받기 위해서라도, 나는 그분들을 찾아야만 한다. 교단은 그분들을 찾기 위한 수단 중 하나일 뿐, 그 이상도 이하도 아니다.)

거기까지 들었을 때.

이안은 짐작할 수 있었다.

교단이 알려지지 않은 까닭을.

"만약에, 드래곤을 찾아 목적을 이룬다면 말입니다. 그러니까 세월의 허락이란 걸 받아서, 자손들의 수명이 늘어난다면."

또한 확인해 보고자 했다.

에반투스의 대답을 통하여.

"교단은 어떻게 되는 겁니까?"

(내 알 바 아니다.)

명쾌하고도 무책임한 대답.

하나 그것은 진심이었다.

그리고 진실인 것 같았다.

'전생의 드래고니안은 목적을 이뤘다.'

그렇다면 모든 것이 자연스러워진다. 쓸모를 다한 용의 교단은 버려졌을 테고, 구심점이 사라진 교단은 자연스레 와해되었을 터. 현재로선 가장 그럴듯한 추측이었다.

"흐음."

상황은 대충 파악이 되었다.

용의 교단이란 집단의 정체도.

그 목적과 미래의 수순까지도.

이제 남은 것은 처분인데.

"그 교단."

고민을 끝낸 이안이 말했다.

대상은 드래고니안 에반투스였다.

"계속 키우십시오."

(……계속?)

에반투스가 다소 의외라는 듯 되물었다. 인간 마법사 이안 페이지는 그린리버 제국의 영웅으로 소문이 자자한 상아탑 주 아니던가? 분명 교단의 해산을 원하거나, 본인이 직접 해체시킬 거라 여겼다. 제국의 입장에서는 아주 불손한 세력일 테니까. 한데 그 세력을 오히려 키우라고?

"그렇습니다. 계속."

(해산이 아니라, 키워라?)

"네. 드래곤을 찾는 일도 계속하세요."

이안의 계산은 빨랐다.

어차피 주인은 에반투스.

권속의 힘이 미치는 존재다.

이것이 무엇을 뜻하겠는가?

'사실상 내 손아귀에 있는 거나 다름없지.'

생각보다 큰 규모를 자랑하는 세력, 용의 교단. 그 단체가 이안의 손바닥 위에 들어온다는 얘기다. 유용하게 써먹을 만한 세력을 어찌 해산시키겠는가?

'황실, 상아탑, 황성 귀족.'

수도를 이루는 세 가지 권력.

그것들을 통제할 수 있게 된다.

황실은 황태자를 주축 삼아.

상아탑은 탑주로서의 권한으로.

황성 귀족은 용의 교단을 통해서.

'쓸데없는 견제나 음모는 막을 수 있겠군.'

적어도 수도 그린리버디움만큼은 완벽한 안전지대로 만들 수 있으리라. 이안과 그 가족들에게 있어 가장 완벽한 안전지대 말이다.

"다음은."

교단에 관한 대화를 일단락시킨 이안. 앞으로 더 추가할 사항들이 있겠지만, 일단은 넘어가기로 했다. 아직 진정한 목적이 남아 있었으니까.

(또 할 얘기가 남았나?)

"얘기는 아니고."

이안이 아공간 주머니로부터 자그마한 약병을 꺼냈다. 보호 마법이 수 겹씩 걸려 어지간한 돌덩이보다 튼튼한 약병이었다.

"이겁니다. 제가 에반투스 님을 찾았던 이유."

(그게 뭐지?)

"엘릭서입니다."

(엘릭서?)

"아직 미완성이죠."

숲의 바닥에 약병을 세워둔 이안.

그가 계속해서 말문을 이어갔다.

"혹시 브레스, 가능하십니까?"

(내게 주어진 권능 중 하나지.)

"이 약병에 쏴주셨으면 합니다."

(……브레스를?)

에반투스가 이안을 한번, 약병을 한 번씩 바라봤다. 그러더니 곧 무언가가 떠오른 듯 읊조렸다.

(이것은…….)

"아시는 거라도 있으십니까?"

사실 이안은 어느 정도 짐작하고 있었다. 생각해 보라. 드래고니안의 브레스가 필요한 엘릭서다. 그런 엘릭서의 존재를 당사자가 모를 리 있겠는가?

(……나도 잘은 모른다. 다만, 그분들께서도 가끔 이런 부탁을 하셨던 기억이 난다. 액체가 담긴 그릇을 두고, 내게 브레스를 뿜어 달라달라고 하셨었지. 그분들의 브레스로는 액체가 견디지 못한다는 것이 이유였다.)

드래곤조차 마셨던 엘릭서란 뜻일까?

이안의 심장이 조금씩 두근거렸다.

결코 평범한 엘릭서는 아니리라.

"그때와 똑같이 해주십시오. 제대로만 완성된다면, 도와드리겠습니다."

(무엇을?)

"용을 찾는 일."

(……진심인가?)

"물론입니다."

이안의 목소리와 눈빛에 흔들림이 없었다. 비록 믿을 수 없는 인간이지만, 어차피 권속의 힘으로 거절조차 불가능했다.

(알겠다. 믿어보도록 하지.)

동시에 검붉은 불꽃이 에반투스의 목구멍 깊숙한 곳으로부터 뿜어져 나왔다. 그 브레스는 주변 바닥과 잡풀 따위에 옮겨붙지 않았다. 오직 엘릭서가 담긴 약병만을 뜨겁게 달 궜다.

불꽃 자체가 에반투스의 의지. 옮겨붙지 말라 명한다면 옮 겨붙지 않는다. 꺼지지 말라 명한다면 그 어떠한 경우에도 꺼지지 않는다. 그것이 바로 '드래곤 브레스'였다.

(이 정도면, 충분히 달궈졌을 거다.)

과거의 기억 그대로 불꽃을 멈춘 에반투스. 그 감은 정확 했다. 분홍색 액체가 담겼던 약병이, 지금은 아주 새빨간 홍 염을 머금고 있었으니까. 겉이 아닌, 액체의 속으로부터.

'붉은 용의 다섯 숨결.'

이안이 그 완성된 엘릭서를 집어 들었다.

브레스로 달궈졌음에도 뜨겁지 않았다.

퐁!

특수하게 제작된 마개를 열자. 그 내용물로부터 진한 향이 피어올랐다. 마나 하트와 마나 브레인을 가진 존재라면 결코 거절할 수 없는 마력의 향. 오죽하면 권속들까지 흠칫거리겠 는가?

'마시자.'

도저히 제어가 불가능했다.

이안의 이성도, 본능도, 지식도.

그 모든 게 한통속이었으니까.

마셔라, 이 타오르는 액체를.

절대 후회하지 않을 터이니.

꿀꺽!

이안이 자그마한 약병에 든 엘릭서.

붉은 용의 다섯 숨결을 입으로 가져갔다.

동시에 목구멍을 타고 넘겨 버렸다.

활활 불타오르는 미지의 액체를.

그러자.

화아아아악!

불꽃이 이안을 집어삼켰다.

단순한 비유 따위가 아니었다.

강렬하게 타올랐던 불꽃과 함께.

이안의 육신이 사라져 버렸으니까.

(뭐, 뭐야?)

가장 먼저 반응한 것은 페어리 퀸이었다. 이안이 눈앞에서 사라졌다. 커다란 불꽃과 함께 사라져 버렸다는 얘기다. 대체 어떻게? 어디로? 왜? 그녀가 당혹스러운 눈으로 용아병 스파르토이를, 드래고니안 에반투스를 바라봤다. 하지만.

(인간…… 갑자기…… 사라졌다.)

스파르토이 또한 페어리 퀸과 마찬가지로 당황한 눈치였다. 그러고는 에반투스 쪽으로 고개를 돌렸다. 이안이 마신 그 엘릭서라는 액체, 분명 아는 액체라고 하지 않았던가?

(나, 나도 그 액체의 효능까지는 모른다!)

다른 권속들의 눈빛에 급히 해명하고 나서는 드래고니안 에반투스였다. 그는 액체를 직접 마셔본 적도 없거니와, 마시는 드래곤들의 모습을 목격한 적도 없었다. 단지 그분들의 요청에 따라 브레스만 뿜어줬을 뿐. 이번에도 똑같았다.

(무슨…… 혹시 그분들한테만 허용되는 액체인가? 주제 파악 못 한 인간이 마셔서 부작용이라도 일어난 상황이고?)

페어리 퀸이 제법 그럴싸한 가설을 세웠다.

인간의 몸으로는 감당할 수 없는 음료.

그것을 이안이 마셔 버린 거다.

(그 부작용은…… 사라지는…… 것인가?)

(감당하지 못하고 소멸해 버렸을 수도 있지.)

섬뜩한 말을 건조하게 내뱉는 페어리 퀸이었다. 정말 소멸된 것이라면, 방금 그 불꽃과 함께 죽어버렸다는 소리일 터. 다른 누구도 아닌, 이안 페이지가.

(일리가…… 있는 얘기…… 같군.)

(그리 쉽게 죽어버릴 인간은 아닐 줄 알았는데.)

(그분들의 힘…… 앞에서 인간…… 은 무력하다.)

(뼈다귀야. 누가 그걸 몰라? 말이 그렇다는 거지, 말이!)

아주 오래전부터 천적이었음이 분명한 페어리 퀸과 스파르토이, 두 권속의 말싸움이 계속되는 가운데, 드래고니안 에반투스의 눈빛이 번뜩거렸다.

(⋯⋯!)

비단 에반투스뿐만이 아니었다. 페어리 퀸과 스파르토이 역시 약속이라도 한 것처럼 입씨름을 멈췄다. 몸속에 내제된 특수한 기운의 이변을, 정확히 표현하자면 그 특수한 기운이 '사라지는 것'을 느꼈으니까.

(권속의 힘이⋯⋯.)

페어리 퀸이 중얼거렸다.

이안으로부터 연결된 힘.

본디 그분들, 드래곤의 권능.

권속의 힘이란 기운이.

(사라졌어?)

비단 페어리 퀸만이 아니었다. 용아병 스파르토이도, 불과 몇 시간 전에 권속의 힘으로 굴복당했던 드래고니안 에반투스까지. 세 권속의 육신과 정신으로부터 사라졌다. 이안 페이지를 향한 복종, 그 절대적인 영향력이.

(정말⋯⋯ 죽어버리기라도 했다는 거야?)

페어리 퀸이 당혹스러운 듯 중얼거렸다.

지금으로선 그리 생각할 수밖에 없었다.

불꽃과 함께 흔적도 없이 소멸해 버렸다.

그 절대적인 영향력마저 사라졌다.

(이렇게⋯⋯ 갑자기?)

단언컨대 평범한 인간은 아니었다. 인간의 몸으로 엄청난 경지를 이루었으며, 앞으로도 계속 이루어나갈 가능성이 무궁무진했던 놈이었다. 뿐이랴? 용언을 읽고 용언의 마법까지 부릴 수 있다. 마치 그분들에게 선물이라도 받은 것처럼 권속의 힘까지 얻어냈다. 그 행보가 결코 심상치 않았다. 흥미로웠다는 얘기다. 그런데.

(그럴 리가…….)

허망함을 느끼는 페어리 퀸, 에스펠이었다.

사방이 칠흑처럼 어두웠다.

한 치 앞조차 가늠할 수 없었다.

단순한 밤은 아닌 것 같았다.

빛이 한 줌도 존재하지 않을 뿐.

마법으로 차단해 버린 모양새였다.

모든 빛을, 그와 흡사한 모든 기운을.

'또 환술인가?'

이안은 몇 달 전의 일이 떠올랐다.

포탈 아티팩트로부터 걸렸던 환술.

자신과 똑같은 머리칼을 가진 마법사.

하나 그때와는 느낌부터가 달랐다.

지금은 오감이 모두 정상적이었다.

일말의 위화감도 느껴지지 않았다.

이 어둠만 걷어낸다면 완벽하겠지.

'라이트.'

자그마한 빛의 구체가 생성되었다.

하나 어둠은 생각보다 강력했다.

라이트의 빛이 삼켜질 정도였으니까.

'라이트.'

이안이 라이트 주문을 강화시켰다.

이제야 주변 일대가 조금씩 비춰졌다.

그리고.

"……?"

어지간해서는 놀라는 법이 없다.

그게 두 번의 삶을 사는 이안이다.

하지만 이번만큼은 예외였다.

불빛에 비춰진 커다란 무언가.

그 정체는 바로.

'눈?'

사람의 것이 아니었다.

드래고니안, 그들과 같았다.

인간이 아님을 말하는 붉은 안구.

파충류처럼 세로로 갈라진 동공.

눈 하나가 이안만큼 거대했다.

게다가 더욱 놀라운 점은.

'지켜보고 있다. 나를.'

그 거대한 눈이 이안을 바라봤다.

아니, 노려보고 있었다.

'설마……'

(누군가.)

순간 경직되어 버린 이안의 오감.

권속들과 똑같은 대화 방식이었다.

귀가 아닌 머릿속으로 들려오는.

인간의 언어로 들려오는 목소리.

단지, 그 위압감부터 달랐다.

8클래스까지 올라섰던 대마법사.

그 이안조차 꼼짝을 못할 정도로.

목소리만 들었음에도 말이다.

(나의 본신은 아닌 것 같고.)

"……."

(영락없는 미물인데.)

무지막지한 위압감

그 앞에 한없이 작아지는 자존감.

이안은 단언컨대 처음 느껴봤다.

'드래곤……?'

사방이 어두운 탓에 모든 몸뚱이가 보이지는 않았다. 오직 눈과 눈 주변의 붉은 가죽만 보일 뿐, 그럼에도 느낄 수 있었다. 얼마나 거대한 존재인지, 얼마나 위압적인 존재인지.

(대답해라. 기억의 보고에 들어온 자여.)

드래곤으로 추정되는 존재가 계속해서 이안에게 답변을 요구했다. 아무래도 이안의 정체에 관한 대답을 원하는 것 같았다.

"당신은…… 드래곤입니까?"

이안이 위압감을 억누르며 대답하자.

(그렇다. 하지만, 네가 생각하는 그들은 아니다.)

곧장 대답이 돌아왔다.

의도를 알 수 없는 대답이었다.

이안은 계속해서 대화를 시도했다.

"저는 당신의 적이 아닙니다."

(그런가.)

"당신을 방해할 생각도, 무언가를 바라고 여기까지 온 것도 아닙니다. 저는 단지 드래고니안의 브레스를 이용해 완성시킨 엘릭서, 그것을 마셨을 뿐입니다."

(그렇군.)

아무런 감정도 느껴지지 않는 목소리.

당장 이안을 해칠 것 같지는 않았다.

목소리의 감정만 읽어본다면 그랬다.

(하면.)

바로 그 순간부터였다.

사방에서 진동이 느껴졌다.

마법 따위가 아니었다.

그저 움직였을 뿐이다.

드래곤의 몸뚱아리가.

(돌아가라.)

"……!"

그 어떤 마법도, 브레스도 아니었다.

드래곤의 손바닥이 이안을 내려쳤다.

앞발이라 해야 할지, 손이라고 해야 할지.

무엇이 되었든 간에 무지막지했다.

무지막지하게 빠르고, 컸다.

콰아앙!

평범한 생물이었다면 진즉에 육고기로 다져졌을 충격, 하나 이안은 마법을 부릴 줄 아는 생물이 아니겠는가? 강력한 마나의 배리어가 이안의 육신을 지켜줬다. 물론, 그 손바닥 내리치기 한방으로 너덜너덜해졌다.

상아탑의 모든 마법사가 공격하더라도 흠집조차 낼 수 없는, 6클래스 마법사의 배리어가.

'크윽……!'

비정상적으로 압도적인 파괴력.

다시 한번 말하지만, 아니다.

용언 마법도, 드래곤 브레스도.

그저 손바닥 내리침에 불과하다.

'이것이…… 드래곤?'

어느 때보다도 생명의 위협이 느껴졌다.

이런 존재를 상대한다? 지금의 상태로?

아니, 전생의 경지라 한들 마찬가지다.

승산? 없다.

죽는다.

반드시.

'멈춰야 해. 어떻게든.'

상황 파악은 나중의 문제다.

지금 당장 해야 할 일은 하나.

드래곤의 공격을 중지시킬 방법, 그 방법을 찾아내야만
한다.

(잔재주를 익혔군.)

여전히 무미건조한 목소리.

물론 멈추는 법은 없었다.

이번에는 꼬리였다.

(돌아가라.)

그 육중한 꼬리가 휘둘러졌다.

목표점은 명백히 이안이었다.

배리어로는 힘들 것 같았다.

저 꼬리를 막아내는 것이.

'이건 피할 수도 없다.'

블링크 주문은 거리가 부족하다.

허공으로 피하기에는 시간이 없다.

'아이스 블록?'

완전무결한 얼음의 방어막.

하나 이안은 그마저도 보류했다.

과연 막아낼 수 있을까?

아이스 블록 따위로?

드래곤의 공격을?

'아니야.'

가망이 없었다.

다른 방법을 찾아야만 했다.

1초도 되지 않는 시간 내로.

'저 괴물이 정말 드래곤이라면.'

비록 마나가 거덜 나 버리겠지만, 어차피 이길 수 없는 상대다.

'용언 마법.'

드래고니안에게는 포기했던 용언, 이후 무방비 상태에 빠져 버릴 용언. 그 위험한 수단을 선택할 차례였다.

드래곤이라면, 분명 반응할 테니까.

인간이 선보이는 용언 마법에.

(드라코쉬.)

페어리 퀸 앞에서 선보였던 마법과 또 다른 계열의 용언 마법, 그때 펼쳤던 것이 붉은 용의 불꽃을 일으키는 공격 마법이었다면, 이번에는 방어에 치중된 용언 마법이었다.

모든 마나를 소진해 버릴 테지만, 적어도 지척까지 다가온 꼬리만큼은 버텨낼 수 있으리라.

(젠타르.)

드라코쉬, 젠타르.

드래곤, 비늘.

이안의 용언이 울려 퍼졌다.

생각보다 간단한 용언이었다.

하나 그 효과는 엄청났다.

"크으으……!"

이안의 피부가 변하기 시작했다.

아니, 온통 뒤덮이기 시작했다.

붉은 빛깔의 비늘로 하여금.

눈앞에 저 커다란 드래곤.

놈의 비늘과 똑같은 형태였다.

쿠웅!

설령 마법으로 강화된 강철이었다 해도 무사하지 못할 충격, 한데 놀라운 일이 벌어졌다. 드래곤의 꼬리가 조금 이상했다. 마치 기둥 같은 장애물에 가로막히기라도 한 듯, 활처럼 휘어진 채로 멈춰져 있었다.

(……?)

그 장애물은 바로 붉은 '용의 비늘'이 온몸에 돋아난 이안이었다. 물론 그 비늘은 오래 붙어 있지 않았다. 이안의 마나가 조금도 남지 않는 순간 신기루처럼 사라져 버렸으니까. 그야말로 마법 그 자체였다.

(그것은……?)

하나 드래곤으로 추정되는 괴물은 이안이 꼬리를 멈춰낸 것에 놀라지 않았다. 단지 용언 마법을 사용했다는 점, 그 점 하나만으로 놀란 듯 보였다.

당연한 반응이었다. 용언 마법을 사용한 이상 꼬리 따위, 얼마든지 막아낼 수 있을 터.

"후, 후우…… 후우!"

이안이 그대로 주저앉았다.

반응을 보자니 먹혀든 것 같았다.

비록 모든 마나를 소모해 버렸지만.

(기억의 보고에 들어온 자여.)

이윽고 드래곤으로 추정되는 괴물이 꼬리를 거두었다. 더는 적대적인 반응을 취하지도 않았다. 대신 그 육중한 몸을 들어 이안에게 다가왔다.

다가올 때마다 쿵쿵 울려대는 대지, 그러면 그럴수록 주변의 어둠도 함께 물러갔다. 이제야 그 모습이 보였다.

(다시 한번 묻겠다.)

도마뱀을 닮았지만, 그보다 훨씬 더 포악한 얼굴, 용암이라도 담긴 듯 피어오르는 콧김, 머리 위로 달린 세 개의 거대한 뿔, 이빨, 몸집, 날개, 꼬리, 전체적으로 붉은 가죽과 비늘, 살아 움직이듯 꿈틀대는 회색의 수염.

(그대는.)

괴물의 모습은 그랬다.

많은 인간이 떠올리는 모습.

드래곤이라는 존재의 대중적인 모습.

그 상상 속 모습과 별반 다르지 않았다.

다만, 그럼에도 차이가 있다면.

(누구인가.)

말이나 글, 그림으로 보고 듣는 것보다 수백 배, 수천 배, 아니 수만 배의 위압감을 내뿜는 존재, 더불어 8클래스의 경지에 올랐던 이안조차 가늠할 수 없을 정도로 강력한 존재라는 사실, 그것들이 유일한 차이라면 차이였다.

4장
자격을 증명하라

(그대는 나의 본신이 아니다.)

"그렇습니다."

(본신의 동족들도 아니다.)

"아마 그럴 겁니다. 인간이니까요."

드래곤의 얼굴은 분명 짐승과 같았다. 한데도 읽어졌다. 그 잔뜩 일그러진 표정이, 자그마한 인간, 이안 페이지를 향한 의심으로 가득한 눈빛이.

(인간이며, 그 언어를 입에 담을 수 있는 존재. 그 존재는 유일하다. 내가 그를 몰라볼 리가 없고, 그도 날 몰라볼 리 없지.)

"저는 말씀하시는 그 존재가 아닙니다."

(때문에, 그대의 존재는 모순이다.)

단호한 어조로 말문을 이어가는 드래곤이었다.

(그가 아니라면, 그대는 나의 본신이거나 본신의 일족이어야만 한다. 그래야 이치에 어긋나지 않는다. 방금 보여줬던 그 힘, 그것은 결코 흉내낼 수 있는 힘이 아니니.)

드래곤의 논리는 간단했다.

인간이 용언을 쓸 수는 없다.

그게 가능한 자는 하나뿐이다.

한데 너는 아니다. 확신할 수 있다.

그러니까 너는 드래곤이어야만 한다.

'뭐 이렇게 앞뒤가 꽉 막혔어?'

이안은 고민에 휩싸였다.

무어라 대답해야 할까?

저 꽉 막힌 용에게.

"……이곳이 어디인지는 모르겠습니다만, 제가 속한 세상에는 당신들, 드래곤들이 모두 사라졌습니다. 알고 계십니까?"

(사라졌다?)

이안의 말에 드래곤의 표정이 바뀌었다.

고뇌 속으로 빠져든 표정이었다.

(한동안 찾아오지 않아 짐작은 하고 있었다만.)

드래곤이 사라진 지 수백 년, 혹은 천 년 이상이 흘렀거늘, 고작 '한동안'이라니?

'시간 관념이 완전히 허물어졌군.'

그렇다면 수백 년, 혹은 천 년 이상의 세월을 '한동안'이라 표현할 수도 있으리라. 세월에 무감각한 드래곤이라면 더더욱.

(하나 그 사실과 그대의 존재는 어떠한 연관도 없다.)

"아뇨, 관계가 있습니다."

이안의 목소리에 자신감이 생겼다.

짐작했던 바가 맞아 들었기 때문이었다.

'바깥의 일을 전혀 모른다.'

이것이 무엇을 뜻하겠는가? 최소한으로 잡아도 수백 년 동안의 일을 모른다는 얘기다. 인즉.

'여기에 갇힌 지도 수백 년째란 얘기지.'

물론 이 공간이 어디인지는 모르겠다.

'기억의 보고'라는 이름만 들었을 뿐.

여기서 확신할 수 있는 사실 하나.

이 드래곤의 말과 지식은 모두.

'아주 오래전의 기억에 머물고 있다.'

아직 드래곤이 사라지기 이전.

그때를 기준으로 남아 있는 기억.

그 기억을 고스란히 간직한 존재.

(어떤 관계가 있다는 거지?)

그 낡은 존재가 입을 열었다.

이안 역시 차분하게 대답했다.

"혹시, 페어리들의 여왕을 아십니까?"

(알다마다. 내 본신과 그 일족의 권속이지. 아주 자그마하고 여린 심성을 가진 아이였다. 어찌 묻는 것이냐?)

여린 심성까지는 모르겠지만.

오래전이니 그럴 수도 있을 터.

"그녀는 천 년에 가까운 세월 동안 사라져 버린 드래곤들을 기다리고 있습니다. 그들의 둥지였던 자리에 일족의 보금자리까지 이룬 채로 말이죠."

(천 년······?)

드래곤이 당혹스러운 듯 되물었다. 영겁의 세월을 살아가는 드래곤 일족에게도 천 년이란 제법 긴 시간일 터.

"정확히 천 년은 아닙니다만, 저희 인간들은 이제 드래곤을 전설 속의 존재, 혹은 상상의 영물 정도로만 생각합니다. 그 정도로 긴 세월이 흘렀죠."

잠시 말문을 잃어버린 드래곤.

상당한 충격을 받은 것 같았다.

표정으로부터 읽어낼 수 있었다.

"저도 한때는 다른 이들과 똑같이 여겼습니다. 그런데 어쩌다 보니 당신들께서 남긴 흔적에 휘말리고 있는 상황입니다. 아, 흔적이 아니라 의도된 장난일지도 모르겠군요."

이안의 말이 물 흐르듯 이어졌다.

거짓보다는 진실을 선택했다.

"제가 사용했던 용언 마법, 그 언어가 담긴 용언서라는 책을 얻었고, 권속의 힘이라는 능력까지 얻었습니다. 말씀드린 페어리 퀸, 저와 함께 있습니다. 저를 이곳으로 보내준 엘릭서, 그 액체도 드래고니안의 도움을 통해 만들었죠."

물론 부분적인 진실만 밝혔다.

자신이 회귀자임을 밝히는 것.

황금용 일족의 언어를 사용했다는 것.

아직 거기까지는 밝힐 생각이 없었다.

"긴 세월이 흘렀습니다. 많은 것들이 변했죠. 제가 누구냐 물으셔도, 저는 인간이란 대답밖에 드릴 수가 없습니다. 당신들과 조금 접점이 있는 인간, 딱 그 정도밖에는."

이안의 목소리가 거기서 멈췄다.

할 수 있는 말은 모두 내뱉었다.

판단은 눈앞에 저 드래곤의 몫.

(……혹시, 그대와 같은 인간이 또 세상에 존재하는가? 인간의 몸으로, 그 언어의 힘을 구사하는 자가 그대 말고도 존재하느냐는 물음이다.)

"아뇨, 제가 알기로는 없습니다."

(그런가…….)

드래곤이 그 커다란 눈을 감았다.

깊은 상념 속으로 빠져든 모습.

'실존했을 거라곤 생각했는데.'

새삼 그 자태가 이안의 눈에 들어왔다. 권속들을 만나고, 용언 마법까지 펼침으로서 드래곤의 존재는 확신하고 있었다. 그럼에도 신비로웠다. 또한, 두려웠다. 도대체 얼마나 강한 존재일까? 일말의 가늠마저 불가능했다.

'닿을 수는 있을까?'

8클래스 경지에 올랐던 시절의 이안은 가끔가다 그런 생각을 떠올렸다. 9클래스의 경지까지 올라간다면, 보이지도 않는 경지였지만, 만에 하나라도 도달한다면, 그때는 비로소 어깨를 나란히 할 수 있지 않을까? 드래곤과.

'글쎄……'

정작 이렇게 마주하고 보니 힘들어졌다.

그때의 생각과 자신감을 확신하기가.

(그대의 말은 잘 들었다. 흥미롭군.)

생각이 멈췄을 때, 드래곤의 목소리가 들려왔다. 처음과는 달랐다. 한층 누그러진 목소리였다. 표정에 가득 담겼던 의구심 또한 사라진 것 같았다. 적어도 이안의 느낌으로는 그랬다.

(먼저, 그대가 마신 액체는 엘릭서란 비약이 아니다. 바로 이곳, 시간의 보고로 통하는 열쇠일 뿐, 아마 그 열쇠를 완성시켜 준 아이가 내 본신의 반쪽짜리 후손, 드래고니안이라 불리는 일족 중 하나겠지.)

"이름이 에반투스라고 했습니다."

(에반투스, 그래. 그 이름이 맞다. 그 아이의 브레스로 열쇠가 완성되었기에, 그대는 수많은 보고 중 이곳으로 오게 된 것이다.)

드래곤의 말에 이안이 궁금증을 느꼈다.

아까부터 계속 들리는 단어.

시간의 보고라는 표현.

그것이 궁금해졌다.

"질문을 하나 드려도 괜찮겠습니까?"

(말하라.)

"그 시간의 보고란 무엇입니까?"

틈을 놓치지 않는 이안의 질문.

드래곤 또한 멈추지 않고 대답했다.

(내 본신과 그 동족들은 가히 무한에 가까운 삶을 살아가지. 하지만 그 삶 속에 겪었던 모든 경험을 세세하게 기억하지는 않는다. 해서, 오래된 기억은 이 보고 속에 간직한다.)

이안은 드래곤의 말을 이해할 수 있었다.

눈앞에 존재야말로 그 '정신체'라는 뜻이리라.

'아주 오래전의 기억이 담긴 정신체.'

이안이 되묻지 않자, 드래곤의 정신체 역시 설명을 이어갔다. 자그마한 인간 마법사가 제대로 알아듣고 있음을 눈치챈 까닭이었다.

(본신이나 그 동족들에게 필요한 기억, 혹은 떠올리고 싶은 기억이 있다면 언제든 찾아와 내게 물어볼 수 있지. 생생한 대답을 들을 수도 있다. 나는 언제나 정신체로 분리된 그 순간 속에서 살아가고 있으니까.)

기억의 보고.

과연 그 작명이 정확했다.

기억의 저장소가 아니겠는가?

"그렇군요. 설명 감사드립니다."

(그대는 힘을 탐하고 엘릭서를 마셨는가?)

"……부정하지는 않겠습니다."

(아쉽겠군. 힘은커녕 낡은 기억이 전부라서.)

그래, 드래곤의 말대로 아쉽긴 했다. 하지만 곧 생각을 고쳐먹었다. 비록 수백 년, 혹은 천 년이 지나버린 기억이었지만, 그것들은 드래곤이란 초월적인 존재의 기억이다. 실로 엄청난 가치를 지녔을 터.

"혹시."

이안이 조심스레 물었다.

"저도 그 기억을 열람할 수 있습니까?"

(안타깝게도, 그대에게는 권한이 없다.)

이안이 고개를 끄덕였다.

어차피 그럴 줄 알았다.

혹시나 해서 물어봤을 뿐.

(하지만.)

빠르게 포기하려는 찰나.

드래곤의 목소리가 이어졌다.

(그대는 조금 특별한 것 같군.)

특별한 것 같다?

기대가 생긴 이안이었다.

(원한다면 지금부터 그대를 본신의 동족, 혹은 본신의 가장 강력한 아군이자 스승 되는 존재와 동일한 권한을 내어주도록 하겠다.)

본신의 아군이자 스승.

유독 그 부분이 거슬렸다.

무려 드래곤의 스승이라.

아까 말했던 그 존재일까?

인간 중 유일하다는 존재?

이안이 계속 귀를 기울였다.

(단, 합당한 자격을 보여줘야만 한다.)

"어떻게 보여드릴 수 있습니까?"

(간단하다.)

아무것도 아니라는 듯 말하는 드래곤.

이내 한 박자 쉬더니 발언을 수정했다.

(……아니, 그대에게는 어려울지도 모르겠군.)

수정된 발언과 함께 드래곤의 날개가 펼쳐졌다. 그러자 사방을 칠흑으로 물들였던 어둠이 순식간에 사라져 버렸다. 그야말로 널따란 공간. 아니, 오히려 널따랗다는 표현은 어울리지 않았다. 아공간 주머니의 내부처럼 어둡고도 밝은 무한의 공간이 펼쳐졌으니까.

(어색한가? 이건 우주라는 이름의 초월적인 공간, 그 공간을 형상화한 풍경이다. 실제 우주는 아니지만, 그곳과 똑같지.)

'우주⋯⋯?'

이안은 알아들을 수 없는 얘기였다.

그럼에도 의미를 되묻지는 않았다.

당장 중요한 건 따로 있었으니까.

"자격을 증명하는 법, 말씀해 주십시오."

(나를 쓰러뜨리면 된다.)

"⋯⋯네?"

이안이 되물었다.

설마 잘못 들은 걸까?

누구한테 누굴 쓰러뜨리라고?

(말하지 않았나? 그대에겐 어려울지 모르겠다고.)

"⋯⋯."

이안은 어이가 없었다. 하마터면 드래곤에게 욕을 할 뻔했다. 비록 정신체라 할지라도 명백한 드래곤이다. 손찌검 한 번으로 자신의 베리어를 박살 냈던 무지막지한 힘, 그 힘까지 목격해 버렸다. 그런데 지금 뭘 어찌하라고?

(걱정할 건 없다. 이곳은 무차원의 공간, 그대는 결단코 죽지 않는다. 상처는 모두 허상이며, 느껴지는 고통 역시 허상이다. 뿐만 아니라 나는 드래곤으로서의 어떠한 권능도 누릴 수 없다. 브레스는커녕 언어의 힘, 조잡한 마법조차도. 포악한 짐승이나 마찬가지지.)

모든 권능을 누리지 못한다?

심지어 마법과 브레스까지?

이안의 귀가 솔깃해졌다.

(원치 않는다면 기꺼이 내보내 주도록 하겠다. 어차피 그대는 발길을 잘못 들인 방랑자에 불과할 뿐, 아무런 손해도 없을 터이니.)

드래곤 딴에는 배려에 가까웠던 말.

하나 그 말이 오히려 이안을 자극했다.

용언도, 마법도, 브레스도 쓰지 못하는 괴물.

'심지어 허상이다.'

죽지도 않고, 다치지도 않는다.

이 공간 자체가 허상이니까.

해볼 만하지 않겠는가?

'충분히.'

이안이 결정을 확고하게 내렸다.

깊어진 눈으로 드래곤을 올려보았다.

"해보겠습니다."

(호오.)

이안의 대답이 예상 밖이었을까?

드래곤의 얼굴에 흥미로움이 묻어났다.

아니, 단순한 흥미로움은 아닌 것 같았다.

조금 더 노골적으로 표현해 보자면…….

'마침 심심했는데, 잘 걸렸다.'

그렇다. 이안은 확신할 수 있었다.

바로 그러한 표정이 분명했다.

이안이 불꽃과 함께 사라진 지도 세 달째.

제국은 지금, 유례없는 위기를 맞이하고 있었다.

"탑주께서는 아직도 돌아오지 않으셨나?"

"예. 가족 분들도 여전히 행방을 모르십니다."

"의도적으로 감춘 것은 아니었고?"

"심문 마법의 결과로는 그러했습니다."

"허어, 대체 어디로 사라지셨단 말인가."

상아탑주의 권한을 임시로 물려받은 4클래스 고위 마법사 로난, 그가 이마를 감싸며 중얼거렸다. 이런 시국에, 제국의 안과 밖이 모두 시끄러워진 시점에, 그 모든 소란을 압도적인 힘으로 잠재워야 할 상아탑주 이안 페이지는 어디에 있는 걸까?

"회의를 소집하게. 정식 마법사 전원 참석하도록."

고위 마법사 데커드와 로난, 그들을 필두로 모든 마법사가 모인 대회의장. 그래 봐야 총인원보다 절반가량이 적었다. 나머지 절반은 어디에 있느냐? 전원 모그리안 영지의 서남부, 즉 콜드우드 제국과의 국경선으로 파견을 나갔다.

"폐하께서는 차도가 없으신가?"

백발의 노인, 고위 마법사 데커드의 목소리였다. 회의의 진행은 불같은 성정을 가진 로난이 아닌, 침착한 데커드가 도맡았다.

"아직 원인조차 밝혀내지 못하고 있습니다. 황실 의원들은 말할 것도 없고, 외부에서 초빙된 의원들도 마찬가집니다."

"독이나, 마법일 가능성은 전혀 없고?"

"황실 연금술사들과 저희 상아탑에서 확인해 봤습니다만, 마찬가지였습니다. 현재로는 갑작스레 건강이 악화되었다고 밖에……."

제국은 그야말로 비상사태였다. 안으로는 황제 '테리 그린 리버'가 악화된 건강으로 쓰러져 버렸다. 당초 이안이 예상했던 6년이라는 수명보다 앞당겨진 상황이었다.

"콜드우드 쪽의 동향은? 우리 상아탑의 정보망이든, 군부이든, 황실이든, 사설 단체든 어디를 통했든 간에 새로운 소식이 있소?"

"아직 이렇다 할 보고는 없습니다."

"으음……."

바깥의 흐름 또한 심상치 않았다. 얼마 전, 콜드우드 제국으로부터 일방적인 통보를 받았다. 지척까지 다가왔던 동부 대초원의 몬스터 토벌, 그 삼국 협정으로 약속된 대대적인 연합 작전에서 빠지겠다는 통보였다.

"아니, 그럴 리가 없지!"

고위 마법사 로난이 격양된 목소리로 끼어들었다.

"내가 생각해도, 당장 내가 콜드우드의 수뇌부라 생각해 봐도! 지금은 기회나 마찬가지요. 영토 침범의 기회 말이올시다!"

전 탑주 허버트를 빠르게 처형시킬 수 있었던 까닭, 반대의 목소리가 하나도 없었던 이유. 그것은 허버트의 죄질이 악랄했기 때문만은 아니다.

그보다 날카로운 무기, 6클래스의 대마법사 이안 페이지가 존재했기에 가능한 처결이었다. 한데 지금, 그 이안이라는 무기의 행방이 묘연해졌다.

"분명히 눈치를 챘을 거요. 우리가 처한 모든 상황을! 콜드우드라면 오래전부터 첩보전에 목숨을 건 족속들이 아니오?"

제국의 1인자인 황제가 병석에 누웠다. 제국의 2인자나 마찬가지인 상아탑주마저 사라져 버렸다.

그린리버 제국에는 더 이상 5클래스도, 6클래스의 마법사도 존재하지 않는다. 국방력에 구멍이 뚫렸다는 소리다. 그것도 엄청나게 치명적인 구멍이.

"로 공국과의 동맹 건은 어떻게 되었습니까?"

"공국으로 보낸 사절단으로부터 보고가 들어올 예정이오. 아마 오늘 밤 군무 회의쯤 받아볼 수 있겠지. 모든 것은 그 결과에 달렸소."

상아탑주의 권한을 양도받은 데커드와 로난, 그들은 하루에도 수많은 회의에 참석해야만 했다. 상아탑의 회의는 물론 황실 회의, 국무 회의, 군무 회의, 연합 회의 등 쉴 틈이 없었다. 그만큼 안팎의 정세가 급변하는 탓이었다.

"공국이 우리의 손을 잡는다면 한시름 놓을 수 있겠지만, 그 반대일 경우…… 그때부터는 적극적인 준비에 나서야 할 터."

적극적인 준비.

무엇을 의미하겠는가?

그린리버와 콜드우드.

두 거대한 제국 간의 전쟁.

전시 체제에 돌입한다는 뜻이리라.

"상아탑은 한시도 긴장을 놓지 마시오."

데커드의 경고가 이어지는 그때였다.

"데, 데커드 님! 로난 님!"

외부와의 연락을 담당 중인 젊은 마법사.

그가 회의장 안으로 헐레벌떡 들어왔다.

긴급한 문제라도 생긴 모양이었다.

"무슨 일인가?"

"겨, 결렬입니다!"

"결렬? 자세히 말해보게."

"공국, 로 공국으로 파견된 사절단에서 보고가 올라왔사
온데……."

뒷말은 듣지 않아도 들을 수 있었다.

지금으로서 가장 이상적인 해결책.

그린리버 제국과 로 공국의 동맹.

그것이 결렬되었다는 얘기였다.

'이안 님께서는 어디에…….'

결국, 모두가 떠올릴 수밖에 없었다.

이 상황을 해결해 낼 유일한 존재.

상아탑주, 이안 페이지의 이름을.

대륙에 날선 기류가 불어오는 그때.

그린리버 제국의 상아탑주 이안 페이지는 아직까지도 시간의 보고에 남아 있었다. 뿐만 아니라 이름 모를 드래곤의 정신체와 사투까지 벌여야만 했다. 먹지도, 씻지도, 수면을 취하지도 않았다.

그래서일까? 드래곤의 정신체가 그랬던 것처럼, 이안의 시간관념 역시 조금씩 흐릿해져 갔다.

'이런 젠장.'

자격을 증명하고자 사투를 시작한 지 '1일 차'.

만신창이가 되어버린 그와 달리, 드래곤의 몸뚱이는 깨끗하기만 했다. 거의 하루가 지난 시점에서야 깨달을 수 있었다. 사투란 절대적으로 자신의 입장이었다는 사실을.

'용아병보다 더하잖아?'

그렇다. 제아무리 권능을 사용하지 못하는 정신체라 한들, 그 피부와 비늘 자체가 이미 완벽한 방패였던 거다. 스파르토이의 맷집보다 더하면 더했지, 결코 덜하지는 않았다.

'허상이라 다행이야.'

그래도 현실 세상에서 용아병을 쓰러뜨리는 것보다는 현실성이 있어 보였다. 어째서냐고? 이곳은 허상의 공간이다. 모든 것이 허구다. 의식만 바로잡으면 곧바로 채워졌다. 소진되었던 마나가 몽땅.

'마나가 무한대라면 해볼 만하다.'

그렇기에 희망을 놓지 않았다.

여전히 해볼 만한 도전이라고.

충분히 가능하다고 여겼다.

'25일 차'가 되기 전까지는.

(벌써 포기하는 것이냐?)

"대충 계산해 봤는데, 벌써는 아닐 겁니다. 적어도 인간의 입장에서는요."

지쳐 버린 듯 대(大) 자로 뻗어버린 이안에게 드래곤의 정신체가 말했다.

이 공간에서는 바깥세상의 시간을 가늠하기가 힘들었다. 낮밤은커녕 졸리지도. 배가 고프지도 않으니 더더욱 그랬다.

(말만 하여라. 바깥으로 보내줄 터이니.)

"아직 안 간다니까요?"

(그렇다면 나야 좋지.)

드래곤의 말은 진심이었다. 그는 이안과의 '만남'이, 어쩌면 조그마한 인간을 괴롭히는 '쥐잡기 놀이'가 상당히 즐거운 것 같았다. 처음 마주했을 때 느껴졌던 그 어마어마한 위압감조차 사라져 버렸을 정도로, 어지간히 심심했나 보다.

'저 모습이 진짜일까.'

비록 정신체라고는 하나 성격이나 목소리, 버릇 등 모든 요소가 복사되었을 터. 드래곤이라 해서 마냥 근엄하고, 위엄 넘치며, 무섭지만은 않을 거다. 페어리 퀸과 용아병 스파르토이, 그들의 수준 떨어지는 입씨름만 봐도 그렇지 않던가?

'설마, 그 쪽지를 남긴 드래곤이?'

처음 발견했을 당시의 용언서, 그리고 권속의 주문이 담긴 수첩과 함께 놓여 있던 쪽지. 그 드래곤이 남긴 것으로 추정되는 쪽지의 인상과 여러모로 비슷했다.

'드래곤들이 전부 저 모양은 아니겠……'

조금 끔찍한 상상이 이어지는 그때.

이안은 생각을 마무리할 수 없었다.

커다란 그림자가 드리웠으니까.

뻗어 누운 몸뚱이 아래로부터.

(휴식은 여기까지다.)

바로 드래곤의 앞발이었다.

배리어마저 박살 내는 그 앞발!

쿠웅!

이번에도 마찬가지였다. 잔뜩 긴장한 상태로도 피하기가 어려운데, 하물며 기습까지 당해버렸다. 혼신을 다한 배리어가 없었다면 죽었을 거다. 물론 허상일 뿐이나, 그렇다한들 유쾌하지는 않으리라.

(언제 봐도 놀랍군. 본디 술식의 마법이란 언어의 힘을 사

용할 수 없는 존재, 그 미물들을 돕고자 창조된 재주에 불과하다. 그 조잡한 재주를 거기까지 발전시켰을 줄이야.)

앞발을 거둔 드래곤이 중얼거렸다.

진심으로 감탄스럽다는 눈빛이었다.

"그 말씀, 진심이긴 합니까?"

(물론.)

"발길질 한 번으로 박살을 내버리면서 하실 말씀은 아닌 것 같습니다만."

(그대도 생각해 봐라. 마음먹고 짓밟은 벌레가 멀쩡하게 살아나왔다고. 운이 좋았던 것이 아니라, 자력으로 발전시킨 수단을 통해서 말이지. 경이롭지 않겠는가?)

졸지에 벌레가 되어버린 이안.

어떻게든 한 방 먹여주고 싶었다.

저 오만한 드래곤의 정신체에게 현존하는 인류 최강의 마법사로서.

'슬슬 바깥의 상황도 걱정되고.'

인고의 시간은 끊임없이 흘러갔다.

31일 차, 시간관념이 깨져 버렸다.

49일 차, 여전히 가망이라곤 없다.

68일 차, 지금까지와 마찬가지다.

82일 차, 슬슬 포기할까 싶어졌다.

그렇게 맞이한 대망의 '90일 차.'

이안의 몸에 이변이 일어나기 시작했다.

'마나 하트가……'

용아병 스파르토이와의 훈련. 그 무식한 훈련으로부터 느껴졌던 마나 하트의 간질거림이 해소됨과 동시에, 비로소 성장까지 이루어냈다.

'7클래스. 아니, 어쩌면……'

마나 하트의 성장을 가늠해 본 이안.

그가 드래곤의 정신체를 올려다봤다.

확연하게 달라진 표정이 돋보였다.

넘치는 당당함, 미소까지 그렸다.

"좀 다를 겁니다."

(무엇이?)

"지금까지와는."

그로부터 정확히 10일 후.

10일 차에 접어들 무렵.

쿵!

마침내 드래곤의 정신체가 고꾸라졌다. 비록 용언을 포함한 아무런 권능도 없으며, 정신체에 불과한 만큼 엄청나게 약화된 상태였지만, 어찌 되었든 쓰러뜨린 거다. 무려 드래곤이란 존재를, 인간들의 마법사가.

(대단하군.)

그러자 허공으로부터 똑같은 생김새의 드래곤이 날아왔다. 동시에 쓰러진 드래곤의 몸뚱이가 증발하듯 사라져 버렸다. 이곳은 무차원의 세계, 모든 것은 허상이다. 드래곤 또한 정신체일 뿐, 육체란 애당초 존재하지 않는다.

(끝내 포기하지 않은 것도, 이 와중에 성장을 이루어낸 것도. 천 년이라고 했던가? 바깥세상이 변하기는 변해 버린 모양이야.)

무려 드래곤의 진심 어린 칭찬.

기분이 썩 나쁘지는 않았다.

다만, 칭찬을 받기 전에 확인부터 하고 싶었다.

"증명이 된 겁니까?"

(증명?)

"쓰러뜨리는 게 증명의 방법이라 하지 않았습니까? 기억을 열람할 수 있는 권한, 그 권한의 증명 말이죠."

(아, 그랬었지.)

"……."

(그렇게 바라볼 것 없다. 조금 당황했을 뿐이니까.)

의심스러움으로 가득한 이안의 눈빛.

그 눈빛에 찔리기라도 한 걸까?

드래곤이 해명을 늘어놓았다.

(좋다. 합당한 자격을 보여준 그대에게 본신의 동족, 혹은

본신의 가장 강력한 아군이자 스승 되는 존재와 동일한 권한을 주도록 하겠다. 바로 지금, 이 순간부터.)

　드래곤의 말이 끝났음에도 이안은 눈만 껌뻑거렸다. 더 이어질 줄 알았으니까. 예를 들자면 용언을 통한 의식이라든가, 선언이라든가 하는 것들이.

　"……끝인가요?"

　그러나 아무리 기다려도 마찬가지였다.

　시간의 보고 특유의 고요함만 느껴질 뿐.

　(더 무엇이 필요한가?)

　"아뇨, 그건 아닙니다만."

　뭔가 놀아난 기분이 들었다.

　그럼에도 이안은 꾹 참았다.

　대신 물어봐야 할 것을 말했다.

　자격이 생겼으니, 쓰는 법도 알아야겠지.

　"어떻게 하면 되는 겁니까?"

　(뭘?)

　"기억을 열람하려면……."

　(물어봐라.)

　"……네?"

　(물어본다면, 내가 대답을 줄 터.)

　"……."

　할 말을 잃어버린 이안이었다.

놀아나다 못해 속기까지 한 건가?

(기억의 전이를 바라나? 그것은 그대에게 이롭지 못하다. 견디지도 못할 것이다. 수천 년이 넘어가는 영겁의 세월을, 감당할 수 있겠나?)

짐짓 근엄한 어조로 말하는 드래곤.

하기야, 틀린 이야기도 아니었다.

무려 드래곤의 기억 아니겠는가?

감당할 수 있을지조차 미지수였다.

"……대답은 무조건 해주시는 겁니까?"

(그렇다. 그대는 자격을 증명했다.)

"알겠습니다. 그럼 먼저."

가장 먼저 물어봐야 할 질문. 기억의 전이가 아닌, 묻고 답하는 식의 소통이라면 반드시 확인해 둬야 할 사항이 있었다.

"엘릭서. 제가 마셨던 그 열쇠를 다시 마신다면, 그때도 당신과 만나게 되는 겁니까?"

하루아침에 모든 것을 물어볼 순 없다.

그러니 그 여부부터 알아둬야 했다.

언제든 만날 수 있는 존재인지.

(내 본신의 반쪽짜리 후손, 에반투스. 그 아이의 브레스로 완성된 열쇠라면 언제든 가능하다. 허나 다른 일족의 후손이 완성시킨 열쇠는 다르지. 유념하도록 하라.)

즉, 재료만 있다면 찾아올 수 있다는 뜻이었다.

한시름 놓은 이안이 다음 질문을 꺼냈다.

"열쇠의 재료 중 가고일의 눈이 있습니다."

(가고일, 그래. 알고 있다.)

"가고일은 어디서 만날 수 있습니까?"

(음?)

그 질문에 드래곤이 기다란 목을 갸웃거렸다.

(흔한 미물 아닌가? 워낙 개체수가 많아 자연의 균형을 파괴하는 주범이었지. 그래서 열쇠의 재료로 써버렸거늘.)

"……지금은 아닙니다. 저는 살면서 가고일이란 괴물을 두 번. 아니, 딱 한 번 만나봤습니다. 그때 얻어낸 눈으로 열쇠까지 만들었죠."

(그건 나로서도…… 의외군.)

심지어 모르는 것까지 있다.

아무리 생각해도 속은 것 같다.

'아직 남아 있으니까.'

불행 중 다행이라면, 그 열쇠를 만드는데 가고일의 눈이 아주 극소량만 필요하다는 점이었다. 아직 남아 있는 눈의 가루만 가지고도 몇 병은 더 조제할 수 있을 터.

'일단은 넘어가자.'

이안이 마음을 다스렸다. 확인할 것은 확인해 뒀다. 물어보고 싶은 것이 더 존재했으나, 그보다는 바깥의 상황이 걱정되었다. 모르긴 몰라도 시간이 제법 흘렀을 테니까.

'상황부터 살피고, 다시 온다.'

빠르게 판단을 내린 이안.

그가 드래곤의 눈을 바라봤다.

다른 질문은 나중을 기약하더라도.

알아두고 싶은 것이 하나 있었다.

"당신은 누굽니까?"

(첫날 대답을 했던 것으로 아는데.)

"정신체, 기억의 저장이라는 정체 말고, 이름을 알고 싶습니다."

(이름이라…….)

선뜻 대답하지 못하는 드래곤.

본신이 아닌, 허상이기 때문일까.

조금은 어색한 것 같았다.

이름을 말하는 것이.

(나의 이름은.)

이윽고 그의 목소리가 들려왔다.

(리시스, 라덴쥬.)

리시스 라덴쥬.

이안에게도 익숙한 이름.

페어리 퀸에게 들었던 이름.

그 이름이 머릿속으로 전해졌다.

한 글자 한 글자 또렷하게 박혔다.

(그것이, 내게 주어진 이름이다.)

5장
수습, 그 이상

드래곤, 리시스 라덴쥬의 목소리가 이어졌다.

(모든 용 일족의 수장이기도 하지.)

놀라움의 연속이었다. 수장이라니. 드래곤 중에 으뜸이란 소리가 아니겠는가? 페어리 퀸이 어째서 '리시스 라덴쥬'를 찾았는지, 조금은 알 것도 같았다.

(물론 내가 아니라, 나의 본신이.)

장난스럽게 덧붙이는 용들의 수장 리시스 라덴쥬의 정신체였다. 그래 봐야 동일한 존재라는 건 변함이 없을 터. 적어도 천 년 전까지는 말이다.

"페어리의 여왕께 얘기는 많이 들었습니다."

(그 아이가 내 본신을 유독 따르긴 했지. 걸핏하면 울어 재

끼는 울보 녀석이 여왕이라니. 신기하단 말이야.)

"울보……."

이안이 하던 말을 급하게 멈췄다.

천 년가량 전의 이야기 아니겠는가?

그때는 울보였을 수도 있겠지.

암, 그렇고말고.

'전혀 어울리지는 않지만.'

그리 결론을 지어버린 이안.

가감 없이 본론으로 들어갔다.

"한 가지 더 여쭤보겠습니다."

(말하라.)

"드래고니안, 에반투스에게 자손이 있습니다. 그 자손들은 세월의 허락이라는 것을 받아야 한다고 들었습니다만, 혹시 가능하십니까?"

드래고니안 에반투스의 후손들, 그들에게 주어진 수명에 관한 물음이었다. 그 문제를 이안이 해결해 준다면 조금이나마 적극적으로, 또한 진심을 다해서 따르지 않겠는가?

(불가능하다. 나의 권능은 이 공간에서만 주어지는 것, 바깥의 흐름까지 바꿀 수는 없다. 단, 그들의 수명이 끝날 때까지도 본신과 일족들을 찾아내지 못한다면, 이곳으로 보내도 좋다. 이 공간에서 만큼은 계속 살아갈 수 있을 것이니.)

이 공간에서 만큼은 세월의 허락이 가능하다.

하니 임시로라도 연명하고 싶다면 보내라.

그러한 얘기였다.

"그렇게 전하도록 하겠습니다."

(음.)

완벽한 해결은 불가능하더라도, 당장 죽을 문제는 해결해 줄 수 있으리라. 물론 수명이 백 년가량 남았다곤 하나, 권속에게 백 년이란 생각보다 촉박한 세월인 것 같았으니까.

"혹시 바깥세상의 드래곤들, 어디로 사라졌을지는 추측이 불가능하신지요?"

(알 수 없다. 하지만, 나의 본신은 살아 있을 거다.)

"어떻게 확신하십니까?"

(내가 여전히 존재하고 있으니까.)

이안은 어렵지 않게 이해할 수 있었다.

본신이 죽으면 정신체도 사라진다.

그런 의미가 아니겠는가?

(그리고.)

드래곤의 말이 계속해서 이어졌다.

(만약 본신과 일족들의 안위에 문제가 생긴 것이라면, 경우는 두 가지밖에 없다고 본다. 첫째로는 내분, 드래곤에게 위해를 가할 만한 존재는 그 동족밖에 없지.)

오만한 발언이었지만, 틀린 말도 아니었다. 잔뜩 약화된, 심지어 아무런 권능도 허락되지 않은 정신체조차 이 정도로 강할지언데, 진정한 드래곤들은 어떻겠는가?

'거의 무적이나 다름없겠지.'

바로 그렇다.

가히 무적의 존재.

이보다 더한 표현은 없으리라.

(하지만 예외는 존재하는 법. 본신과 동족을 제외한다면, 드래곤에게 위해를 가할 만한 존재가 딱 하나 남는다.)

"누구죠?"

이안은 물어보면서도 알 수 있었다.

처음부터 꾸준하게 언급된 존재.

용언을 부린다는 그 인간이겠지.

아마 '최초의 마법사'가 아닐까?

(그는 그대가 부리는 술식의 마법을 창조한 장본인이자, 언어의 힘을 우리 드래곤에게 전수해 준 인간이다. 드래곤 모두의 스승이라고도 일컬을 수 있겠군.)

"무슨……."

드래곤에게 들은 이야기 중 가장 충격적인 이야기였다. 짐작은 했어도, 이 정도라고는 예상하지 못했으니까. 무려 인간이, 드래곤들의 스승이라고?

"용언은 용들의 언어가 아닙니까?"

(내가 한 번이라도, 용언이란 표현을 사용한 적이 있던가?)

"……."

그래, 그러고 보니 그렇다.

정말로 없다. 확실하게 없었다.

언어의 힘이라고만 표현했을 뿐.

처음 본 그때부터, 지금까지 줄곧.

(바깥세상의 인간들에게 어찌 알려졌는지는 알 수 없으나, 그것은 용의 언어가 아니다. 단지 위대한 힘을 가진 고유의 언어일 뿐.)

드래곤의 말이 거기까지 닿았을 때, 우주라는 곳을 본떠 만들었다던 무차원 공간의 풍경이 바뀌었다. 푸르른 들판이 널따랗게 깔렸고, 하늘에는 온갖 용들이 날아다녔다.

"여긴……."

(놀랄 것 없다. 이 공간은 곧 나의 의지, 기억 속 풍경을 재생한 것이다. 아마 그대에게는 오래전의 세상이겠지.)

이안이 그 사방으로 펼쳐진 풍경을 흥미롭게 바라보았다. 어디일까? 대륙 어디에 이토록 푸르고 널따란 초원이 존재했을까? 아무리 생각해도 알 도리가 없었다.

(저기, 보이는가?)

드래곤이 바라보는 방향.

초원 멀찍이 모여 있는 드래곤들.

그리고 그 틈새에 낀 자그마한 존재.

"인간?"

이안이 그 드래곤 무리와 인간들에게 다가갔다. 이안은 그들을 볼 수 있었으나, 허상들은 이안이 보이지 않았다.

"……?"

최초의 마법사로 추정되는 인간과 이안, 두 사람의 거리가 손을 뻗으면 닿을 정도로 가까워질 때쯤, 이안은 놀랄 수밖에 없었다. 분명 기억 속에 남아 있는 얼굴이었으니까.

'환술, 그 환술 속의 남자가 분명하다.'

이안과 똑같은 밝은 갈색 머리칼.

다소 못난 편에 속하는 생김새.

바로 그자가 확실한 것 같았다.

동시에 떠오르기 시작했다.

그가 했던 일종의 경고가.

드래곤을 절대로 믿지 마라.

무려 드래곤의 스승이라는 존재다.

그런 존재가 분명 그렇게 말했다.

(왜 그러나? 아는 얼굴인가?)

"아, 아닙니다. 본 것 같기도 하고."

(이해한다. 인간들은 다 비슷하게 생겼지.)

대수롭지 않게 넘어가는 드래곤.

그가 날개를 사방으로 뻗었다.

동시에 주변의 풍경이 무너졌다.

본래 있었던 장소로 돌아온 거다.

사투를 벌였던 무차원의 공간, 그 어둡고도 밝은 공간으로.

(더 묻고 싶은 것이 남았는가?)

드래곤의 물음.

이안은 잠시 고민했다.

여러 가지 생각이 떠올랐다.

그리고 결론을 지었다.

"……아직 많습니다만, 때가 아닌 것 같군요."

(그렇군. 이만 나가기를 원하는가?)

"예."

(좋다.)

흔들림 없는 대답에 드래곤이 고개를 끄덕거렸다. 이안은 급할 것이 없었다. 언제든 다시 와 물어볼 수 있으니까.

(그리고.)

"말씀하십시오."

그로부터 이어진 드래곤의 침묵.

무슨 일이냐고 되묻기 바로 직전.

멈췄던 말문이 다시금 이어졌다.

(또 와라.)

"네?"

(심심하니까.)

그 말에 이안이 피식 웃었다.

기분이 썩 나쁘지 않았다.

드래곤 로드의 초대라.

또 언제 받아보겠는가?

(하면, 보내주마.)

드래곤은 분명 토내주겠다고 했다.

한데 왜 앞발을 들어 올리는 걸까?

심지어 내쳐치기 시작했다.

이안의 몸뚱이를 향하여.

"으악!"

이안은 분명 배리어를 발동시켰다.

그럼에도 배리어는 발동되지 않았다.

이안의 육신에 마나가 부족했으니까.

다시 말하지만, 이곳은 정신체의 의지.

그의 말과 생각이 곧 공간이다.

이안의 마나를 바닥내고 싶다?

그럼 그 순간 바닥나는 거다.

바로 지금처럼.

(또 언제 오려나.)

드래곤 로드, '킈시스 라덴쥬'의 정신체가 내리찍었던 앞발을 치웠다. 놀랍게도 그곳에는 아무도 없었다. 현실이었다면 고깃덩이가 되었을 이안의 육신은커녕, 그 비슷한 흔적조차도.

(조금만 더⋯⋯.)

몇 마디 중얼대며 바닥에 드러누운 드래곤의 정신체, 그의 두 눈이 감기기가 무섭게 어둠이 내리깔렸다. 언제나 그랬던 것처럼, 영겁의 수면 속으로 빠져들 차례였다.

(강해져서 왔으면 좋겠는데⋯⋯.)

벌써부터 졸음이 가득한 목소리였다.

(⋯⋯오래간만에 즐거웠군.)

그는 이안에게 패배하지 않았다.

아무리 정신체라 할지라도.

권능을 부릴 수 없다 할지라도.

그는 모든 드래곤들의 수장이다.

결코, 호락호락한 존재가 아니다.

단지, 이유가 있다면.

(아니, 처음인가. 나로서는⋯⋯.)

실로 오래간만의.

처음일지도 모르는 즐거움.

그 짧았던 여흥의 보상이라고.

아마 그렇게 대답할 수 있으리라.

"⋯⋯처음 보자마자 죽이려 들더니만."

이안이 현실 세계로 돌아왔다.

불꽃과 함께 사라졌던 그 장소 그대로.

본인은 몰랐으나, 10일 만의 귀환이었다.

"이래서였나."

허상이라도 소름이 끼쳤다.

무력하게 죽음을 맞이하는 순간.

상상으로조차 떠올리기 싫었다.

'설마 갈 때마다 이렇게 나와야 하는 건……'

아닐 거다. 그럴 리가 있을까?

본래 드래곤들이 출입했을 터.

'아니겠지.'

그렇게 믿은 이안이 심장을, 정확히는 마나 하트부터 점검했다. 혹시 마나 하트의 성장마저 허상은 아닐까? 그러한 걱정이 들었지만.

'좋아. 그대로다.'

우려했던 바는 일어나지 않았다. 결과적으로 '붉은 용의 다섯 숨결'을 통해 막혔던 성장을 이루어냈다.

물론 용아병과의 수련도 유효했다. 아마 그 무식한 수련이 아니었다면 이보다 오래 걸렸을 터. 모든 노력이 하나로 귀결된 상황이었다.

'가족들이 걱정하겠는데.'

돌아가고자 플라이 마법을 펼쳤던 이안.

'아.'

그가 다시금 지면 아래로 내려왔다.

'이제부터는…….'

이안이 마나를 끌어모았다.

오른손으로 새하얀 빛이 몰렸다.

뭉쳐진 빛이 꼭 수정과 같았다.

'날아다닐 필요가 없으니까.'

그 빛의 수정을 손끝으로 으깨 버렸다.

그러자 곧 강렬한 빛이 터져 나왔다.

동시에 이안의 육신을 집어삼켰다.

무려 7클래스의 '공간 이동 마법'.

'텔레포트.'

그 주문의 목적지는 대저택.

이안과 가족들의 보금자리였다.

그야말로 눈 깜짝할 사이 도착했다.

"어머나!"

마침 눈앞에 어머니, 베네사가 있었다.

분홍색 고양이 에스펠도 함께였다.

"이, 이안?"

(네, 네놈?)

겹쳐서 들려오는 두 여인의 목소리.

저리 놀랄 정도로 시간이 지난 걸까?

아니면 갑자기 나타났기 때문일까?

"이안!"

베네사가 달려와 이안의 손을 잡았다.

시간이 꽤 지나가 버린 모양이었다.

적어도 몇 주 이상은 족히…….

"도대체 세 달이 넘도록 어디를……."

"……세 달이요?"

어림짐작에서 수 배나 뛰어버렸다.

세 달이라니. 심지어 넘었단다.

"참! 이러고 있을 때가 아니야. 이안, 어서 상아탑으로, 상아탑으로 가보렴. 지금 온 나라가 아주 난리도 아니란다."

이안은 어머니로부터 백 일간의 정황을 전해 들을 수 있었다. 자세하지는 않았으나, 파악하기엔 충분했다. 황제의 급격한 건강 악화부터 제국 간의 이상기류까지 모두.

"흐음……."

생각보다 심각했다. 특히 황제의 건강 악화가 거슬렸다. 전생과 마찬가지로 의문점이 많은 경우였다. 심지어 6년이나 이르게 시작되었다. 역시 자연스러운 악화는 아닌 것 같았다.

'전생이나, 지금이나.'

당시에도 온갖 독살과 마법, 저주라는 소문을 파다하게 낳았던 황제의 죽음. 이번에도 마찬가지였다. 아마 외부 세력의 관여가 있었겠지. 대충 짐작이 갔다. 용의 교단, 드래고니안, 라그나르. 많은 것들이 이안의 머릿속을 스쳐갔다.

'일단 전쟁부터 멈춰야겠지.'

전쟁 또한 마찬가지였다. 너무 이르다. 아니, 애당초 이안은 전쟁을 시작할 생각이 눈곱만큼도 없었다. 가장 후회했던 일 중 하나가 전쟁이다. 반복할 순 없지 않겠는가?

'대륙 일통이 이루어진다면, 그 경우는…….'

전쟁 따위의 결과물이 아닐 거다. 오직 자신, 이안 페이지라는 존재가 이룩해낼 경지. 그 어마어마한 힘 앞에 스스로 무릎들을 꿇는 경우겠지. 강압적인 전쟁과 학살은 단언컨대 없으리라.

"다녀올게요."

이안이 베네사에게 말했다.

더불어 빛을 손끝으로 모았다.

육각 수정의 형태의 하얀 빛.

텔레포트 술식의 효과였다.

"수습하러."

"로 공국과의 불가침 조약이 체결되었습니다. 조건만 충족시킨다면, 일방적으로 파기될 걱정은 거두셔도 될 것 같습니다."

콜드우드 제국의 황태자, 그린리버와는 달리 자국 내 모든 실권을 장악한 '헥토르 콜드우드'가 부하들의 말에 고개를 끄덕였다.

"사다리가 제법……."

포도주잔을 쥔 그의 손이 희열과 함께 떨렸다. 기회라는 이름의 사다리, 여태껏 단 한 번도 놓쳐본 바가 없었다. 언제나 쥐어 움켜쥐었다. 기회가 날 때마다 힘을 키웠고, 기회가 날 때마다 경쟁자를 죽였으며, 결국 이 자리까지 올라왔다.

"튼튼하겠군."

스스로의 직감, 잠입시킨 모든 정보망, 공국과의 협상 결과가 헥토르 콜드우드에게 속삭였다. 이 사다리야말로 가장 이상적인 기회임을, 인간이 남길 수 있는 가장 위대한 족적, '대륙일통'의 첫 번째 발자국임을.

"음."

헥토르 콜드우드가 포도주로 입술을 적셨다. 그는 그린리버 제국의 눈을 피하여 국경선, 모그리안 영지와는 영원한 앙숙, '앰버 영지'에 도착한 상태였다. 일부 고위 마법사와 기사, 정예병들도 함께.

"좋아."

마음을 굳힌 채 막사에서 빠져나온 헥토르 콜드우드. 바깥에는 이미 은밀하게 집결된 병사들로 하여금 군영까지 갖춰진 상황이었다.

"그린리버 쪽에도 소식이 갔겠지."

물론 은밀하게 움직였다.

수많은 부대로 나뉘어 이동했다.

그럼에도 흔적과 목격은 필연적이었다.

아마 지금쯤 소식이 닿았을 터.

'소용없겠지만.'

희미하게 웃어보인 헥토르 콜드우드가 단상 위로 올라갔
다. 집결된 모든 병사들이 한눈에 보이는 높다란 단상이었다.

"전쟁은 사다리다."

대뜸 병사들에게 말하기 시작한 헥토르.

음성 증폭 수정구가 목소리를 키워줬다.

"더 높은 곳으로 올라갈 수 있는 사다리, 더 많은 보물이
숨겨져 있는 곳으로 올라갈 수 있는 사다리 말이다. 그건 높
으신 분들한테나 해당하는 말이 아니냐고? 아니, 그대들도
마찬가지다. 오히려 그대들과 같은 잡졸들에게 더욱 유용한
사다리지."

자신의 병사들에게 '잡졸'이란 표현을 서슴없이 사용한다.
그럼에도 아무런 반발심조차 피어나지 않았다. 오히려 수많
은 '잡졸'들의 눈과 귀가 헥토르에게 집중되었다.

"칼과 창을 앞세워 국경 너머로 뛰어드는 즉시, 눈앞에 펼
쳐진 모든 것은 사다리다. 빼앗고 싶으면 마음껏 빼앗아라.

겁간하고 싶다면 마음껏 겁간하라. 죽이고 싶다면 마음껏 죽여라. 저 너머에서 그대들이 올라탄 사다리, 그대들이 거머쥔 모든 것들은 온전히 그대들의 것임을, 나 헥토르 콜드우드가 보장한다."

그야말로 잡졸들을 위한.

잡졸이란 존재를 대변해 주는 연설.

그 연설에 병사들의 사기가 들끓었다.

"전쟁에 내던져지는 것이 억울한가? 그 억울함 이상의 것들을 저 국경 너머에서 빼앗아라. 한아름 가득 품고 고향으로 가져가라. 재물이든, 계집이든, 그 무엇……!"

연설의 내용이 본격적으로 시작되는 그때였다. 헥토르가 선 단상으로 새하얀 빛줄기가 몰려들었다. 처음에는 몰랐다. 아주 작은 빛이었으니까.

"……?"

한데 그 빛이 조금씩 확연해졌다.

뿐일까? 형상마저 이루기 시작했다.

팔, 손, 다리, 몸통과 머리까지.

영락없는 인간의 모습이었다.

"연설 한번 살벌하네."

점차 인간의 모습을 이루어낸 빛.

그 빛의 입에서 육성이 새어 나왔다.

이는 명백한 사람의 목소리였다.

"누, 누구냐!"

그 기괴한 모습에 병사들이 몰려왔다.

인간 형상의 빛을 원형으로 포위했다.

동시에 황태자의 주변을 가로막았다.

"누굴까?"

그 나직한 되물음과 함께.

인간 형상의 빛이 색을 이루었다.

새하얀 빛이 아닌, 사람의 색깔로.

피부는 하얀 축에 속하는 살색으로.

머리칼은 밝은 빛깔의 갈색으로.

부릅뜬 두 눈동자는 푸른색으로.

이미 잘 알려진, 누군가의 모습으로.

"내가."

새하얀 빛줄기로부터 형성된 존재. 그린리버 제국의 상아 탑주, 이안 페이지는 불쾌함을 느꼈다. 콜드우드의 황태자 헥토르 콜드우드가 내뱉은 말들, 그 연설이 문제였다.

"빼앗고, 겁간하고, 죽이라니."

듣자마자 가족들이 떠올랐다. 크고 작은 인연으로 맺어진 몇몇 사람들의 얼굴도 마찬가지였다. 그 수가 많지는 않았지만, 저 연설의 대상이야말로 그들이 아니겠는가?

"수준하고는."

이안이 혀를 차며 말했다.

저번 생에도 저렇더니만.

이번 생 또한 마찬가지였다.

참으로 마음에 들지 않았다.

저 콜드우드 제국의 황태자.

헥토르 콜드우드란 놈이.

"네놈은……?"

헥토르가 이안을 알아봤다. 동부 대초원 토벌에 관한 삼국 협정, 바로 그 협상의 자리에서 두 차례 만나봤으니까. 어찌 잊겠는가? 소문이 자자한 마법 천재의 얼굴을.

"네가 어떻게……?"

놀랄 수밖에 없었다. 황태자 헥토르 콜드우드는 물론, 일 대에 모여 병영을 이룬 병사와 기사, 마법사들까지 모두가 그랬다.

'죽거나, 중태에 빠진 것이 아니었나?'

분명 그렇게 조사되었다. 그것이 콜드워커를 포함한 수많은 정보망으로 하여금 완성시킨, 가장 확신할 수 있는 첩보 활동의 결과였다.

'분명히…….'

분명 놈은, 마법사 이안 페이지는 사라졌었다. 반년 전, 폐관 수련을 한답시고 행방이 희미해졌던 3개월, 이후 코빼기조차 볼 수 없었던 나머지 3개월까지 종합 6개월 간.

'수련 중 마법 사고로 죽었거나.'

혹은 문제가 생긴 지는 오래고, 그 사실을 엄폐하고자 휴가로 처리한 것이라든지. 실로 다양한 추측이 거론되었으며, 끝내 확신할 수 있었다. 이안 페이지가 세상에서 지워졌음을.

'사라진 것이 아니었다고?'

헥토르 콜드우드가 이를 뿌득 물었다.

낭패였다. 당혹감이 물밀듯 밀려왔다.

언제 또 찾아올지 모르는 기회였다. 아니, 명백한 기회라고 생각했다.

보다 신중하게, 신속하게, 정확하게.

분명 그렇게 준비했던 전쟁이거늘.

'썩은 사다리였나.'

썩은 밧줄로 꼬아진 사다리.

그 조악한 사다리를 잡은 걸까?

헥토르의 눈이 거세게 흔들렸다.

"……."

하지만 그 흔들림도 잠시.

곧 안정감을 되찾는 헥토르였다.

아직 남아 있는 것 같았다.

아주 튼튼한 사다리가.

'어떻게 나타난 건지는 모르겠지만, 놈은 혼자다.'

필시 마법을 통한 눈속임이었을 터, 겁먹을 필요가 전혀 없다는 얘기다.

'죽인다. 큰 희생을 감수하더라도.'

안다. 놈이 6클래스 마법사란 사실을.

그러나 이곳은 적진 중에도 적진이다.

5클래스의 마탑주를 포함한 마법사들.

마나를 다루는 기사에 병사들까지.

'아무리 6클래스라도 이들을 전부 당해낼 순⋯⋯.'

"없다고 생각하겠지. 아마도."

헥토르의 생각을 방해하는 목소리.

이안 페이지가 나지막이 읊조렸다.

"잘못된 생각은 아니야."

이안은 순순히 인정했다.

마탑주에 마법사, 기사와 병사들.

이들로부터 살아남기란 쉽지 않다.

아무리 이안이라도 마찬가지였다.

하나 헥토르 콜드우드는 알고 있을까?

"다만."

눈앞의 적국 상아탑주, 이안 페이지가 6클래스를 뛰어넘었단 사실을, 클래스란 높으면 높을수록 단계의 차이가 극명해진다는 사실을, 심지어 그 격차는 이안의 경험과 응용력이 더해지는 순간 더더욱 벌어진다는 사실을.

"정보가 늦었을 뿐."

가볍게 중얼거린 이안.

그가 주문을 발동시켰다.

이제는 남색에 가까워진 마나.

그 진득한 마나가 사방으로 방출되었다.

"아크 페럴라이즈."

결코 평범한 페럴라이즈가 아니었다.

이안만의 정수가 담긴 '군중 제어 마법'.

그 주문의 영향력이 사방으로 흩어졌다.

널따란 군영 전체를 순식간에 뒤덮었다.

"뭐, 뭐야?"

두 눈을 껌뻑거리는 병사들.

마법이 펼쳐진 것 같긴 했다.

한데 이변은 일어나지 않았다.

"……?"

아니, 그것은 착각이었다.

이변은 벌써 일어났다.

단지 조용했을 뿐.

"모, 몸이……!"

자각이 가능해졌을 때에는 이미 누구도 움직일 수 없었다. 마나 하트가 없는 병사들은 몸뚱이가 돌처럼 굳어버렸고, 마나 하트를 가진 기사들은 미약하게나마 꿈틀거릴 수 있었다. 물론 그것이 가능한 전부였다.

"스펠."

이안은 거기서 멈추지 않았다.

아직 마법사들이 남았으니까.

"디소더."

스펠 디소더.

마법의 두뇌나 마찬가지인 '마나 브레인'을 먹통으로 만드는 마법. 그 악령과도 같은 마나의 안개가 마법사들의 코와 입, 귀로 스며 들어갔다. 효과 역시 빠르게 나타났다.

"크윽……!"

"무, 무슨 짓을……?"

이안이 나타난 지 몇 초나 지났을까?

움직이지 못하는 기사와 병사들.

마법이 불가능해진 마법사들까지.

누구 하나 멀쩡한 자가 없었다.

일차적으로 집결시켰던 정예군.

그들이 순식간에 제압된 거다.

단 하나의 마법사로 하여금.

"흐음."

그럼에도 이안은 부족함을 느꼈다.

본디 '경고'란 강렬해야 하는 법.

"안 되겠다."

그가 오른쪽 발을 들어 올렸다.

마나 또한 그곳으로 집중되었다.

"강도 좀 올리자."

마나가 잔뜩 실린 오른쪽 발.

그 발이 바닥을 내리찍음과 동시에.

"그래비티 필드."

병사들의 몸이 짓눌리기 시작했다.

기사와 마법사들도 마찬가지였다.

한층 더 강렬해진 '중력'의 세기.

바로 '그래비티 필드'의 힘이었다.

"크, 크허억!"

더는 버틸 수가 없었다. 이안에게 제압당한 모두의 무릎이 꿇어졌다. 차라리 다행이기도 했다. 꿇어지지 않는다면 하반신과 척추가 박살 나버릴 것 같았으니까.

"하……."

실로 믿을 수 없는 광경 속에서.

오직 헥토르만이 멀쩡히 서 있었다.

그가 특별해서는 절대로 아니었다.

이안의 마법이 그를 피해갔을 뿐.

"하하……."

그의 얼굴이 당혹감으로 가득했다.

헛웃음마저 비집고 튀어나왔다.

응당 그럴 수밖에 없으리라.

"얘기 좀 나눠볼까?"

이안은 평소처럼 정중하지 않았다.

"헥토르 콜드우드."

이안의 발언에 검부터 뽑아드는 헥토르 콜드우드. 그는 황족이면서도 마나 하트를 타고난 기사였다. 재능도 상당했다. 아마 지금쯤이면 6년 전의 올리버와 비슷한 수준이리라.

"이, 이놈⋯⋯!"

고강하다는 검술이 다 무슨 소용일까?

손에 쥔 칼자루조차 덜덜 떨리는 판국에.

"준비가 덜 됐네."

한데도 영 못마땅한 이안.

그가 헥토르에게 다가갔다.

탱그랑!

간단한 마법으로 칼을 치워 버렸다.

그러고는 놈의 어깨에 손을 얹었다.

"재미난 구경, 시켜줄까?"

"무슨⋯⋯."

"텔레포트."

뭐? 텔레포트라고? 헥토르는 분명 그렇게 묻고 싶었다. 하나 말문을 채 이어갈 순 없었다. 이미 정체불명의 새하얀 빛으로부터 공간과 단절되기 시작했으니까.

화아악!

이윽고 모든 빛줄기가 사라졌다.

동시에 주변의 풍경이 비춰졌다.

이안의 눈에도, 헥토르의 눈에도.

"여, 여기는……."

주변은 더 이상 군영이 아니었다.

국경의 앰버 영지 역시 아니었다.

그럼에도 아주 익숙한 장소였다.

"침소……?"

도무지 믿을 수가 없었다. 이곳은 명백한 콜드우드 제국의 황궁, 그 중에서도 자신이 기거하는 황태자궁의 침소였으니까.

"이게 도대체가……."

"다음."

이안은 쉴 틈을 주지 않았다.

다시금 주변의 풍경이 바뀌었다.

콜드우드 황궁의 대전부터 집무실.

협정이 있었던 자유도시 데미데라.

모그리안 영지부터 피에릭 영지.

심지어 동부 대초원 한복판까지.

그 여정의 마지막은 앰버 영지.

본래 있었던 정예군 군영이었다.

"헉! 허억! 허어억……!"

헥토르 콜드우드가 거친 숨을 몰아쉬었다. 동시에 활용할 수 있는 모든 지식과 판단력을 바삐 굴렸다. 방금까지 겪었던 모든 상황들, 도대체 그 정체가 무엇이란 말인가?

'설마…….'

어렵지 않게 한 가지 가설을 세웠다.

가능성이 높은 가설이기도 했다.

'테, 텔레포트?'

공간이동 마법, 텔레포트.

이미 널리 알려진 이름이었다.

누구나 한번쯤 상상해 볼 법한 마법.

편리함과 실용성이 극에 달한 주문.

그것이 바로 텔레포트 아니겠는가?

'그럴 리가.'

실로 수많은 사람들이 꿈꾸는 마법.

연구는 이미 오래전부터 진행되었다.

따라오는 결과가 성공적이지 못했을 뿐.

실현 가능한 마법사가 없었으니까.

예전에도, 그리고 지금까지도.

그것이 만국공통 과제였다.

'그걸…… 저놈이?'

생각이 거기까지 닿았을 때, 헥토르는 이안이 자신에게 보여주고자 했던 일종의 경고를, 그 섬뜩한 협박을 자각할 수 있었다.

'나 정도는 언제든 죽일 수 있다.'

비단 헥토르뿐만이 아니다.

그 누가 되었든 마찬가지다.

놈, 이안이 마음만 먹는다면.

놈, 이안의 심기를 거스른다면.

결코 피할 수가 없다는 거다.

'막아낼 방법은…….'

헥토르는 아주 영민했다.

지극히 현실적이기도 했다.

그렇기에 확신할 수 있었다.

'없다.'

이미 콜드우드 제국의 황궁에는 '마나 감옥'과 동일한 원리의 '마법 차단 장치'들이 요소요소 깔려 있었다. 한데도 황궁을 제집 드나들듯 돌아다녔다. 통하지 않았단 증거였다.

"이해가 됐겠지. 머리는 좋으니까."

아까부터 헥토르의 생각을 정확하게 집어내는 이안이었다. 참으로 시기적절하게 자신이 할 말을 이어갔다.

"긴말하지 않겠다. 돌아가."

이안이 마나를 형성화시키기 시작했다.

마치 모래시계와도 같은 형상이었다.

그 크기가 어마어마하게 커다랄 뿐.

"딱 하루."

모래시계처럼 생긴 마나의 시계가 거꾸로 뒤집혔다. 모래를 대신하여 마나가 조금씩 흘러내렸다. 딱 하루치였다.

"만약 내일까지 국경 근처에 어슬렁거리고 있다면, 그때부터는 우리…… 아니, 나도 전쟁을 준비하도록 하지."

잠시 말문을 멈췄던 이안.

그가 건조한 목소리로 읊조렸다.

"한 서너 명 정도만 죽이면 끝나지 않겠어?"

그중 하나는 바로 헥토르 자신일 터.

그야말로 위협적인 한마디였다.

단순한 협박 따위가 아니었다.

이미 이안은 증명했으니까.

전쟁을 멈춰 버릴 수단.

공간이동 마법을.

"조용히 돌아가서, 쥐죽은 듯 살아."

이안의 목소리가 계속 이어졌다.

"유지는 시켜줄 테니까. 콜드우드 왕조."

왕조만큼은 유지시켜 주겠다.

오만하고 또 오만한 발언.

하나 자격을 갖춘 발언이었다.

지금의 이안에게는 충분했다.

"그 황태자라는 자리, 형이며 아우까지 닥치는 대로 죽여

가면서 거머쥔 자리인데, 지켜야지."

이안의 목소리는 더 없이 건조했다.

살기는커녕 비릿한 조롱조차 없었다.

"그치?"

장난스럽기까지 한 이안의 물음.

한데도 헥토르는 안심할 수 없었다.

놈에게 포식자의 냄새가 풍겼으니까, 아니, 단순한 포식자를 넘어서.

'재앙.'

그래, 재앙이다.

놈은 재앙이 분명하다.

저 갈색 머리칼의 청년. 그린리버 제국의 대마법사.

이안 페이지란 이름의 '괴물'은.

"대답해."

재차 돌아오는 이안의 물음.

헥토르가 잠시간 망설였다.

많은 이들이 보는 앞이다.

어떻게 대답을 해야 할까.

고민은 오래가지 않았다.

"……알겠다."

일단은 살아야지 않겠는가?

체면은 잠깐의 문제였다.

하나 목숨은 당장의 문제.

"좋아."

만족한 듯 끄덕거린 이안.

그가 검지와 엄지를 튕겼다.

탁! 하는 소리와 함께.

"허억! 헉!"

마법사와 기사, 병사들에게 걸렸던 '아크 페럴라이즈,' 그리고 '그래비티 필드'의 영향력이 사라져 버렸다. 한데도 이안을 향해 달려드는 자가 없었다. 공격은커녕 눈치만 살피기 바빴으니까. 후유증이라도 남은 걸까, 아니면 겁에 질려 버린 탓일까?

"그쪽 마법사 분들은 시간이 좀 걸릴 겁니다. 넉넉하게 한 시간 정도 기다리면 정상적으로 돌아올 테니, 걱정하지 마십시오."

헥토르 콜드우드한테는 하대로 일관하더니, 정작 그 수하 마법사들에겐 정중함을 되찾는 이안이었다. 애당초 타고난 혈통과 권위는 이안의 고려 대상이 못된다. 누가 주체적으로 귀찮은 일을 꾸미고 있는가, 오직 그것만이 중요했다.

"다시 한번 말하지만."

모래시계 형상의 마나 시계.

이안이 그것을 가리키며 말했다.

"시간은 내일, 이 시간까지."

이윽고 새하얀 빛이 쏟아졌다.

텔레포트의 시각적 효과였다.

"부디 현명한 판단 내려주시길."

경고는 충분하게 전해졌을 터.

이제 돌아갈 시간이었다.

"전하."

"휴우."

그린리버 제국의 상아탑.

탑주의 방으로 돌아온 이안.

그가 한숨 돌리며 의자에 앉았다.

"아슬아슬했네."

헥토르 콜드우드와 그 정예군 앞에서야 태연했다지만, 이
안은 생각보다 상당한 마나를 소모시킨 상태였다. 애당초
대규모 군중 제어 마법의 유지란 쉬운 일이 아닐뿐더러, 수
차례 반복된 텔레포트야말로 마나를 잡아먹는 주범과도 같
았다.

'회귀자라는 게 도움이 되는군.'

직접 두 발로 밟아본 곳만 갈 수 있다, 그것이 텔레포트의
한계였다. 하나 이안에게는 문제가 되지 않았다. 이미 저번

생의 통일 전쟁과 여행으로 어지간한 장소는 조건을 충족시켜 놨으니까.

'효과는 충분하겠지.'

실로 완벽한 협박이 되었을 터.

아마 잠조차 제대로 못 잘 거다.

헥토르 콜드우드, 그놈 말이다.

어찌 잠자리가 편하겠는가?

'그놈이 자초한 일이니까.'

불면증에 시달리다 변을 당한다고 해도 어쩔 도리가 없었다. 애당초 전쟁을 준비하고자 했던 놈의 잘못이니까. 이안은 그저 완벽한 경고장을 쥐어 줬을 뿐.

'어느 정도 수습은 된 것 같고.'

이제 두 번째 문제가 남았다.

현 황제의 급작스러운 건강 악화.

그리고 그 배후의 움직임까지.

'그럼 이제…….'

커다란 책상에 턱을 괸 이안.

그가 고민 속으로 빠져들었다.

'어디서부터 손을 볼까?'

많은 선택지가 떠올랐다. 그중 가장 시급한 문제는 황제의 목숨, 지금 이 순간에도 꺼져가고 있을 황제의 생명부터 살리는 게 급선무였다. 아직 죽을 사람이 아니었으니까.

'딱히 내 사람은 아니지만.'

비록 황태자 때문이긴 하나, 황제는 이안에게 아주 호의적인 인물이었다. 뿐일까? 통치 중에도, 사후에도 성군으로 칭송될 만큼 뛰어난 지도자이기도 했다.

'벌써 죽기에는 아까운 사람이지.'

이토록 갑작스럽게 황제가 죽고, 황태자 하이든이 황제가 된다면, 과연 지금처럼 완벽에 가까운 국정 운영이 가능할까? 황태자 고유의 능력은 언급할 가치도 없거니와, 그 첫 번째 조언자가 될 이안 역시 여러모로 부족했다.

'나는 현자가 아니야.'

스스로가 예전부터 인정했듯, 이안은 정치적인 감각이나 대국적인 안목을 타고나지 않았다. 그저 마법적인 재능이 인간을 뛰어넘었을 뿐.

'황제를 오래 살려둘수록, 많은 것을 얻는다.'

많은 것을 배울 수 있다. 아무리 황태자라도 황제에게 계속 배운다면, 언젠가 사람 구실이 가능할 거다. 황태자만 그럴까? 이안도 충분한 가르침을 받겠지.

'그가 정립시킬 정책도 많을 거고.'

황제는 의욕이 넘치는 지도자였다.

살려만 둔다면 정력적인 활동을 펼칠 터.

수명을 연장시키는 편이 여러모로 이로웠다.

'좋아.'

황제, 테리 그린리버부터 살린다.

그 배후의 움직임은 이후 잡아낸다.

이안의 결정이 똑바로 세워졌다.

"탑주님."

생각이 정리된 그때, 중년의 고위 마법사 로난이 탑주의 방에 올라왔다. 그는 '상아탑주의 대행자'로서 탑주의 방을 마음껏 오고 갈 수 있었다.

"콜드우드 쪽은 어떻게 되었습니까?"

"그럭저럭 마무리를 지어놨습니다."

콜드우드 제국의 앰버 영지 내 정예군 군영으로 향하기 직전, 이안은 상아탑에 들려 로난과 데커드와 만났다. 상황을 정확하게 가늠해 두기 위함이었다.

"정말 놈들이 물러가겠습니까?"

"그럴 겁니다."

"으음."

고위 마법사 로난이 고개를 끄덕거렸다.

공간이동의 대마법사가 자신을 노린다?

무서워서 잠이나 제대로 잘 수 있을까?

'미쳐 버리지나 않으면 다행이지.'

그리 생각한 로난이 이안을 바라봤다.

3개월 만에 나타난 젊은 상아탑주.

정말이지 무서운 존재였다.

'하다하다 이젠 텔레포트라니.'

로난 역시 처음에는 기겁했었다.

거기까지 가능할 거라고는 상상도 못 했다.

'도대체 어디까지 성장한단 말인가?'

상아탑주 이안 페이지의 성장.

그리고 그 끝에 도착할 경지.

과연 얼마나 대단한 존재일까?

왠지 모를 기대감마저 생겼다.

"이제 남은 것은 폐하의 건강입니다."

이안의 말이 로난을 생각에서 끄집어냈다.

전쟁만큼 중대한 문제가 아니겠는가?

재빨리 정신부터 차리는 로난이었다.

"확실히 의심스럽기는 합니다. 다른 사람도 아니고 폐하의 건강이지 않습니까? 대대로 황실 비전의 엘릭서까지 복용하시는데…….."

황실 비전의 엘릭서.

이안도 황태자에게 받아 마셔봤다.

역대 황제들의 장수 비결이기도 했다.

"저도 단순한 악화는 아닐 거라고 봅니다."

"그렇다는 것은…….."

중얼거렸던 로난이 입을 다물었다.

무슨 말을 하는 건지 이해했으니까.

"하지만 황실의 연금술사들도, 저희 쪽에서 파견된 의료 마법사들도 모두가 같은 의견을 내놨습니다. 폐하의 건강 악화에는 아무런 외부적 요인도 없다고 말입니다."

그 말에 고개를 끄덕거린 이안.

그렇겠지, 분명 전생에도 그랬다.

괜히 의심했던 자들만 죽어 나갔다.

"이 문제는 제가 알아보도록 하겠습니다. 그러니 저의 복귀는 당분간 비밀로 해주십시오. 로난 님과 데커드 님, 두 분만 아시고 계셔야 합니다."

"당분간 말입니까?"

"정말 불순한 세력이 존재한다면, 제가 없어야 더 자유롭게 움직일 테니까요."

동시에 잡아내기도 쉬워지리라.

"며칠만 더 수고해 주세요."

이안이 미안하다는 어조로 말했다. 벌써 6개월 동안 상아 탑주의 업무를 수행 중인 로난 아니겠는가? 데커드라면 모를까, 로난은 본디 마법적인 증진에만 흥미를 가졌던 마법사다. 결코 유쾌한 반년은 아니었으리라.

"하하, 괜찮습니다."

로난은 그럼에도 불만을 가지지 않았다. 아니, 불만을 갖지 않고자 노력했다. 만약 전 상아탑주가 시킨 일이었다? 그랬다면 조금은 짜증이 났을 거다. 하나 지금의 경우는 얘기

가 달랐다. 무려 6클래스조차 뛰어넘은 상아탑주의 명령이
니까.

'이런 존재에게 충성을 다한다면.'

떨어지는 콩고물조차 차원이 다를 터.

그 콩고물만 알뜰하게 주워 먹어도.

'나도 가능할지 모른다. 5클래스.'

다시 한번 결심을 굳힌 로난.

그가 사람 좋은 미소를 지었다.

"사실 수고랄 것도 없습니다. 대행이긴 해도, 어쨌든 상아
탑주 아닙니까? 확실히 어딜 가든 대접부터 다르더라 이거
죠. 충분히 즐기고 있으니, 미안하실 필요 없습니다."

로난이 너스레를 떨며 말했다. 이안도 그 반응이 싫지만은
않았다. 속내가 빤히 보였지만, 오히려 그런 속내를 가질수
록 다루기가 쉬웠으니까.

"그렇다면 다행이네요."

두 사람은 가벼운 몇 마디를 주고받은 뒤, 각자의 위치로
돌아갔다. 로난은 상아탑주의 대행자로서 탑주의 방을 지켰
고, 이안은 텔레포트 주문과 함께 저택으로 돌아갔다.

집으로 돌아온 이안은 가족들에게 3달 간의 공백부터 설

명해야만 했다.

물론 시간의 보고에 들어가 드래곤의 정신체를 만났다는 얘기까진 하지 않았다. 단지 '수련 중 기이한 공간에 들어가 빠져나오는 데 시간이 걸렸다.' 정도로만 압축시켰다. 일종의 '사실을 기반으로 둔 각색'이었다.

"왜 그렇게 거리를 두십니까?"

(흥! 또 얼렁뚱땅 권속의 주문을 사용하려는 수작이겠지. 네놈의 그 알량한 속내를 이 몸이 모를 줄 알았더냐?)

가족들과의 대화 이후, 이안은 페어리 퀸과 따로 독대를 나눴다. 그녀의 증언에 따르자면, 이안이 사라짐과 함께 권속의 영향력까지 지워졌다고 한다.

"그런 분이 어째서 남아계신 거죠?"

(그, 그건…….)

두 볼을 잔뜩 부풀린 페어리 퀸.

이유까지 말하기는 힘들었다.

어찌 입 밖으로 꺼내겠는가?

이 저택에 사는 이안의 가족들.

특히 그 어미, 베네사 페이지!

그 여인이 자꾸만 눈에 밟혔다고.

(그, 그간의 정을 생각하여 잠시만, 아주 잠깐만 봐준 것 뿐이니라. 둔해 빠진 스파르토이라면 모를까, 에반투스라면 충분히 쓸데없는 짓을 벌일 수도 있었으니까!)

이 또한 거짓은 아니었다. 권속의 힘이 풀리고도 며칠 더 지났을 시점, 세 명의 권속들은 판단을 내렸다. 이안 페이지가 세상에서 완전히 사라졌다고, 혹은 죽었을 거라고.

(네놈이 사라졌음을 확신하고 나서야, 우리도 각자의 판단에 따라 움직일 수 있었다. 스파르토이, 그놈은 확인할 것이 있다면서 떠나 버렸지. 갈 곳도 없는 주제에 어디를 간다는 건지 원. 아, 물론 에반투스도 떠났다. 이를 아주 박박 갈더구나.)

"어디로 떠났습니까?"

(그건 말해주지 않았다. 그놈, 나와 스파르토이한테도 삐졌거든. 권속의 힘 때문에 어쩔 수 없었던 거 빤히 알면서도 그러더군. 하여간 속 좁은 놈, 예나 지금이나 똑같다.)

고개를 절레절레 흔드는 페어리 퀸.

이안도 대충 감이 잡히는 것 같았다.

'황제의 건강 악화가 교단과 관련되었다면…….'

독이든, 마법이든, 저주든 무언가 특별한 수단이 존재할 터. 드래고니안 정도의 마법사, 심지어 수백 년을 살아온 존재라면, 그 정도 무기 하나쯤은 알고 있지 않겠는가?

'역시 황제부터 살펴봐야겠어.'

몇 가지 계획들이 머릿속에 떠올랐다. 하나 일단은 황제의 상태부터 살펴볼 필요가 있었다. 구체적으로 어떻게 죽어가고 있는지, 저번 생과 차이점이 있는지, 기타 수상한 점은 없는지. 상황을 살펴본 뒤에 결정해도 늦지 않으리라.

"그래서, 계속 그렇게 거리를 두실 작정입니까?"

(물론! 이 몸은 여왕이니라. 수치는 한 번이면 족하다!)

"그러시군요."

이안이 고개를 가볍게 끄덕거렸다.

"……어디서 듣자 하니까."

그러고는 말문을 이어갔다.

"예전에는 눈물이 많으셨다고 하던데."

(……뭐라?)

"울보라고 불렸을 정도로."

(네, 네가 그걸 어찌…….)

하나 그 단호함도 잠시, 예상치 못한 이안의 발언에 당황해버린 그녀였다. 그럴 수밖에 없었다. 족히 수백 년은 훌쩍 지나버린 낡은 성격, 그리고 별명이었으니까.

"만났습니다."

(……?)

"드래곤 일족의 수장."

페어리 퀸의 두 눈이 커다래졌다.

앙다물었던 입술마저 스르르 벌어졌다.

(지, 지금 무슨 소리를…….)

"더 듣고 싶으십니까?"

(똑바로, 똑바로 말해보아라! 어서!)

"제가 지금은 좀 바빠서."

(인간⋯⋯!)

그야말로 안달이 나버린 페어리 퀸.

이안의 노림수가 그대로 흘러갔다.

"이렇게 하죠. 권속의 주문을 강요하진 않겠습니다. 대신, 당분간 가족들의 안전을 지켜주십시오. 조만간 여유가 생긴다면, 그때는 여왕께 들려드릴 얘기가 많을 겁니다."

마치 자비라도 베푸는 양 능글맞은 목소리였다. 평소였다면, 평소의 여왕이었다면 콧방귀나 흥 뀌어줬을 테지만, 지금 이 순간만큼은 그럴 수가 없었다.

(아, 알겠다! 맡겨만 다오!)

콧방귀는커녕 이안의 바짓가랑이라도 잡고 애원을 해야 할 판이었으니까. 영겁의 세월 오매불망 기다렸던, 이제는 꿈에서조차 만나기 힘든 그분들이 아니겠는가? 특히 드래곤의 수장, 그분의 이야기라면 더더욱 특별했다.

"그리고, 감사합니다. 가족들 곁에 계속 남아주신 것도 감사드리고요. 이렇게밖에 대접해 드리지 못하는 것도 죄송합니다. 진심입니다."

(지, 지금이라도 알았으면 되었느니라.)

"답례라고 하기는 뭣하지만, 조만간 원하시는 보상을 해드리겠습니다. 아마 여왕께서 가장 원하시는 보상일 겁니다."

(⋯⋯!)

페어리 퀸은 직감할 수 있었다.

그녀 자신이 가장 원하는 보상.

방금까지의 얘기로 유추했을 때.

'설마, 그분을……?'

그분, 드래곤을 만나게 해주는 것.

생각만으로도 가슴이 벅차올랐다.

수백 년 전에 말라버렸던 눈물.

그 눈물마저 흐를 것 같았다.

"가족들은, 믿고 맡기겠습니다."

(……알겠다. 어서 할 일을 끝내고 오너라.)

"다시 한번 감사드립니다."

이안의 몸뚱이가 새하얀 빛을 머금었다.

오늘만 벌써 여러 번 발동시키는 주문.

공간이동 마법, 텔레포트였다.

"그럼."

그린리버 제국의 황궁.

5황자 라그나르의 처소.

그곳에 라그나르가 있었다.

'하늘은 나를 버리지 않았다.'

슬쩍 시간을 가늠해 본 라그나르.

그가 최면이라도 거는 듯 생각했다.

'교단이 나를 돕는다. 이안 페이지, 그 건방진 놈도 사라졌다. 모든 정사의 흐름이 나를 돕고자 움직이고 있어. 이건 기회야. 모든 것을 원점으로 되돌릴 기회.'

라그나르가 생각하는 원점이란 무엇일까? 간단하다. 그린리버의 모두가 자신을 진정한 황제감이라 여기는 것, 또한 지지하는 것. 작금의 황태자는 아무런 능력도 없으며, 계속해서 멍청한 짓만 일삼는 것. 그렇게 황태자의 자리를 빼앗고, 종국에는 황제로 등극하는 것. 그것이 라그나르의 원점이자 목표였다.

'아바마마.'

황제, 테리 그린리버.

라그나르의 하나뿐인 아버지.

'아바마마만 사라져 준다면.'

또한 황태자의 유일한 버팀목.

5황자 라그나르의 유일한 장애물.

'어차피……'

친 아비이자 장애물, 그 '존재'가 거슬렸다. 치워 버리고 싶었다.

하나 망설여졌다.

두 갈래로 나눠진 감정.

혈육이냐, 야망이냐.

고민은 생각보다 짧았다.

'당신도 나를 버렸잖아?'

희미하게 웃어 보인 라그나르.

그가 처소 한구석 꽃병을 바라봤다.

아주 신기한 꽃 한 송이가 보였다.

자그마한 자줏빛의 열두 갈래 꽃잎.

새파란 잎사귀와 새파란 줄기까지.

외관상 썩 아름다운 꽃은 아니었다.

'태어났을 때부터, 줄곧.'

라그나르가 꽃의 잎사귀를 땄다.

소매에 감추는 것도 잊지 않았다. 이는 결코 평범한 꽃이
아니었다.

교단으로부터 어렵사리 구해낸 '꽃'.

아무런 증거조차 남지 않는 '극독'.

황제의 건강을 악화시킨 '주범'.

'란데오르의 꽃.'

처소에서 빠져나온 라그나르의 발걸음.

그 발걸음이 황제의 침소를 찾아갔다.

지난 몇 달간 그랬던 것처럼.

오늘도 똑같이.

"라그나르?"

"공주마마."

황제의 침소에는 공주, 하이리 그린리버가 있었다. 황제의 건강이 본격적으로 나빠지기 시작한 그 순간부터 쭉, 간병인을 자처하며 아비의 곁을 한시도 떨어지지 않았다.

"자주 오는구나."

"제게도 아버지가 되시는 분입니다."

"……그런 뜻으로 얘기한 건 아니란다."

"그러시겠지요. 알고 있습니다."

라그나르와 하이리, 둘의 사이는 미묘했다. 좋은 편도, 나쁜 편도 아니었다. 직접적으로 부딪칠 일이 손에 꼽혔으니까. 하지만 양쪽 모두 '황태자'라는 접점을 가지고 있기에, 이 미묘한 관계의 지속은 아마 영원할 것 같았다.

"아바마마께서는, 차도가 좀 있으신지요?"

공주 하이리는 구태여 대답하지 않았다. 보이는 그대로인데, 대답하여 무엇을 하겠는가? 황제는 이제 의식마저 간당거렸다. 혼수상태에 빠진 지도 어느덧 한 달이 넘었다.

"어서 쾌차하셔야 할 터인데……."

라그나르가 진심으로 걱정스럽다는 듯 중얼거렸다. 제 아비인 황제의 손까지 조물조물 만져줬다. 그 모습이 영락없는 막내아들과 같았다. 약간의 위화감조차 없었다.

'……위험해.'

하나 그러면 그럴수록 공주 하이리의 경계심은 깊어져 갔다. 절대 저렇게 나올 아이가 아니다, 오랜 세월 보고, 듣고, 겪어온 모든 경험이 그렇게 속삭였다.

'경계하자.'

물론 마음만 그렇게 먹었을 뿐.

내색까진 하지 않는 공주 하이리였다.

5황자의 눈치는 어마어마하게 빠르다.

조금만 낌새를 보인다면 바로 알아챌 터.

"마마, 황실 약방에서 탕약을 보내왔습니다."

어색한 침묵이 감도는 그때, 침소 바깥으로부터 하녀의 목소리가 들려왔다. 황제에게 먹일 탕약을 가져왔다는 뜻이었다.

"들어오셔요."

공주 하이리가 황제의 침대 곁에서 일어나며 읊조렸다. 곧 황실 연금술사들이 들어왔고, 병에 담긴 탕약을 공주한테 전달했다. 색도, 향도 모두 진한 감청색의 액체였다.

"어제와 똑같은 탕약인가요?"

"예, 마마. 송구하오나……."

"아뇨, 질책하는 건 아니에요. 그만 물러가 보세요."

그리 말하며 탕약을 바라보는 하이리.

그녀가 여러 도구로 탕약을 검사하기 시작했다.

"음……!"

하나 공주는 이 정도의 검사로 만족할 수 없었다. 황제의 급격한 건강 악화는 그녀로서도 이해하기 어려운 상황, 의심할 수 있는 건 모두 의심해 봐야만 안심이 되었다.

쪼르륵!

그래서였다.

탕약의 일부를 작은 잔에 따른 까닭.

직접 마셔봐야 안심할 수 있을 것 같았다.

'또 저러는군.'

탕약을 마셔보는 공주의 행동에 라그나르가 조용히 어금니를 물었다. 정말이지 방해만 되는 여자였다. 공주가 직접 나선 이후, 좀처럼 란데오르의 꽃을 황제에게 복용시킬 틈이 없었다. 식사도, 약도, 물까지도 모두 공주의 손을 거쳐야만 했으니까. 이대로라면 금방 죽지 않을 터.

'그래도 죽긴 죽겠지만.'

문제는 기간이었다. 라그나르는 되도록 황제가 빨리 승하해 주기를 바랐다. 그래야 자신의 갈팡질팡한 감정도 깔끔하게 정리될 것 같았다. 후련해질 것 같다는 얘기였다.

'제기랄……'

라그나르가 소매 속 란데오르의 꽃, 그 잎사귀를 만지작거렸다. 액체에 닿는 순간 녹아버리는 식물이다. 어떻게든 저 탕약으로 빠뜨리기만 하면 되는 문제거늘.

'오늘은, 어떻게 해서든.'

황제에게 복용시키고 싶었다.

아비의 수명을 단축시키고 싶었다.

한 번만 더 먹이면 적당할 것 같았다.

두 달 이내로 끝을 볼 수 있을 터.

그때였다.

"하이리……."

황제가 힘겹게 의식을 되찾았다.

간병 중인 공주 하이리도 알아봤다.

대단한 기적이나 쾌차는 아니었다.

몇 시간에 한 번꼴로 일어나던 일.

그럼에도 공주의 반응은 한결같았다.

"아바마마! 정신이 좀 드세요?"

그녀는 진심으로 기뻐하며 황제에게 달려갔다. 황제가 잠깐씩 의식을 차리는 순간마다 저토록 눈물겨운 상봉이 일어났다. 라그나르의 입가에 보일 듯 말 듯 조소가 지어졌다.

'지금이야.'

지금이 기회였다. 침소 한구석으로 황제의 호위기사인 '덤필 모릿'이 보였으나 전혀 문제 될 바 없었다. 그 노기사야말로 라그나르를 교단에 입교시킨 장본인이니까.

'넣기만 하면 돼.'

이윽고 새파란 란데오르의 잎사귀가 탕약 안으로 들어갔다. 과연 신비로운 식물이었다. 액체에 닿자마자 흔적도 없이 녹아버렸다. 인위적인 약품도 아닌 것이 어떻게 저럴 수 있을까?

"아바마마, 탕약 좀 드셔보세요."

란데오르의 잎사귀가 완벽히 녹아들 때쯤.

뒤늦게 탕약부터 챙기는 하이리였다.

황제에게 먹여주기 위함이었다.

"드시고 어서 쾌차하셔야……."

한데 이상한 일이 벌어졌다.

공주는 탕약의 병을 조심스레 잡았다.

크게 급하지도 않았고, 엉키지도 않았다.

분명 그랬는데.

챙그랑!

탕약을 담은 약병이 바닥으로 떨어져 버렸다.

탕약 또한 엎질러져 카펫에 스며들었다.

"이, 이게 왜……?"

공주는 이해가 되질 않았다.

아차, 싶은 느낌마저 없었다.

떨어뜨릴 이유가 전혀 없었거늘.

'이런 멍청한……!'

그 모습에 라그나르도 짜증이 치솟았다.

하필 이런 순간에 약병을 떨군다고?

'설마, 눈치를 챈 건 아니겠지?'

그러한 의심마저 들 정도의 타이밍.

라그나르가 하이리의 눈치를 살폈다.

겉보기로는 조금의 내색도 없었다.

'⋯⋯일단 나가자.'

그리 판단한 라그나르가 도망치듯 침소에서 빠져나갔다. 그러던 중 황제와 눈이 마주쳤지만, 성의 없는 목인사만 건네며 시선을 뿌리쳤다. 황제가 자신을 바라보는 눈빛, 그 눈빛이 불편한 까닭이었다.

'그렇게 쳐다보지 말라고!'

라그나르를 바라봤던 황제의 두 눈.

그 눈에는 미안함으로 가득했다.

그렇기에 더더욱 화가 났다.

'곧 시체로 나뒹굴 주제에, 이제 와서!'

원인불명의 현기증을 느낀 라그나르.

그가 자신의 처소로 급히 돌아왔다.

한동안 나가지 못할 것 같았다.

적어도 황제가 죽기 전까지는.

'이제 와서! 이제 와서! 이제 와서!'

라그나르가 스스로 통제할 수 없는, 그 감정의 응어리로부터 몸서리치는 그때, 잠시 깨어났던 황제도 다시금 의식을 잃어버렸다. 벌써 몇 주째 반복되는 증상이었다.

"아바마마……."

비정상적으로 급격한 혼절.

간헐적으로 돌아오는 의식.

누구도 원인을 밝혀내지 못했다.

하이리는 불안하고, 또 무서웠다.

"이렇게 돌아가시면 안 돼요. 절대로……."

아비에 대한 딸의 심정으로서도.

오라비인 황태자를 위해서도.

황제의 죽음은 비극의 시작이리라.

"이럴 때, 이안 님이라도 계셨다면……."

만약 그가 있었다면 어땠을까? 물론 마법사라고 죽어가는 생명까지 살릴 수 있는 건 아닐 테지만, 그래도 이안 페이지라면 다를 것 같았다. 그 엄청난 마법으로 아바마마의 질병을 고쳐낼 수 있지 않을까 싶은, 그런 막연한 기대마저 들었다.

"하아……."

공주 하이리의 한숨이 사방을 울렸다.

침소에는 오직 황제와 공주 하이리.

노기사 덤필 모릿의 숨소리만 들렸다.

분명 방금까지는 그랬다.

"타임 슬립."

황제도, 공주도, 덤필의 것도 아닌.

제3자, 아니, 제4자의 목소리.

그 목소리가 침소에 나타났다.

"누, 누구!"

화들짝 놀란 공주 하이리가 뒤를 돌아봤다.

등 뒤로부터 들려왔으니 당연한 반응이었다.

"……?"

하이리의 눈에는 가장 먼저 노기사 덤필 모릿의 모습이 보였다. 그는 아무런 소리도 듣지 못한 듯, 자신이 있어야 할 자리에 우두커니 서 있었다. 한데 어딘가 조금 이상했다.

"더, 덤필 경?"

노기사 덤필은 눈을 껌뻑거리지도, 공주의 부름에 반응하지도 않았다. 숨만 미미하게 쉬고 있을 뿐, 그대로 멈춰 버린 모양새였다.

"덤필……."

"쉿, 조용히."

놀랄 만한 일은 거기서 끝나지 않았다.

방금 들렸던 자의 작은 목소리.

그 목소리가 또다시 들려왔으니까.

이번에는 조금 더 가까이서 들렸다.

"누구……?"

공주가 허공을 두리번거리며 말했다.

그리 물으면서도 심장이 콩닥거렸다.

아주 익숙한 목소리였던 탓이었다.

"접니다."

이윽고 누군가의 모습이 드러났다.

투명했던 몸뚱이가 반투명한 색으로.

이내 완연한 형체와 색을 이루었다.

"이, 이안 님?"

그는 아까부터 투명화 마법과 텔레포트로 하여금 황성의 이곳저곳을 은밀하게 누볐던 존재, 상아탑주 이안 페이지였다.

"어떻게…… 아니, 그보다도……."

너무나도 갑작스러운 이안의 등장에, 하이리는 어떤 얘기부터 꺼내야 할지 막막했다.

"괜찮습니다. 다 알고 있으니까요."

"덤필 경은 어떻게 되신……."

"무해한 마법입니다. 잠시 멈췄을 뿐이죠."

타임 슬립, 마비와 수면 주문의 궁극적 단계로, 마법에 걸린 순간과 해제되는 순간까지를 전혀 기억하지 못한다. 의식 또한 그대로 이어진다.

너무 길게만 사용하지 않는다면 말이다.

"상황은 알고 있습니다. 해결할 생각이니, 지금부터 제가 하는 말을 그대로 따라주셨으면 합니다. 가능하시겠습니까?"

그 말에 공주가 고개를 끄덕거렸다.

아주 결연하고도 단호한 눈빛이었다.

"제가 무엇을 해드리면 되는 거죠? 스승님."

"스승? 아."

반문했던 이안이 곧 말뜻을 알아챘다.

공주와의 약속을 까맣게 잊고 있었다.

"……좋습니다."

스승이란 호칭을 받아들인 이안.

그가 공주에게 속삭이기 시작했다.

"먼저……."

그로부터 몇 시간 후.

이안이 황궁을 빠져나왔다.

손에는 꽃과 잎이 함께 쥐어져 있었다.

라그나르, 놈의 침소에서 찾아낸 꽃.

그 꽃으로부터 뜯어온 꽃잎과 잎사귀였다.

'란데오르의 꽃.'

마나라는 기운을 중화시키는 효과.

전생의 이안을 죽였던 극독의 재료.

레디오의 마나 중독을 고쳐낼 열쇠.

그러나 뿌리가 내려진 자리를 벗어나는 즉시 말라버리는 성질 탓에 채집은커녕, 재배조차 불가능했던 기괴한 꽃, 그 꽃이 라그나르의 침소에는 멀쩡한 모습으로 꽂혀 있었다.

'황제도 이 꽃에 당한 건가.'

설마 란데오르의 꽃을 이런 식으로 만나게 될 줄은 몰랐다. 레디오의 병을 고쳐주기 위해서라도, 자신의 유일한 약점을 지워내기 위해서라도 필요했던 꽃이 아니던가?

'어떻게 멀쩡한 거지?'

이안은 지난 6년, 란데오르의 꽃과 관련된 자료를 꾸준하게 찾아봤다. 채집이나 재배, 약재화 시킬 수 있는 방법이 필요했으니까. 하나 아무런 단서도 찾을 수가 없었다.

'라그나르, 놈의 작품은 아닐 텐데.'

라그나르는 전생에도, 그리고 이번 생에도 란데오르의 꽃으로 자신의 목적을 이루었다. 결단코 스스로의 힘은 아니었을 터, 당장 떠오르는 외부 세력은 하나밖에 없었다.

'에반투스.'

용의 교단의 주인.

드래고니안 에반투스.

놈이 라그나르에게 접근했다면?

'놈부터 찾아내야겠군.'

정말 놈의 수작질이 맞을까?

맞는다면 해독법을 알고 있을까?

그것까지 짐작해 낼 도리는 없었다.

하지만 찾아서 물어볼 순 있겠지.

'순순히 말하지는 않겠다만.'

일단 찾아내는 것이 급선무였다.

마침 이안에게는 방도가 있었다.

당근과 채찍, 양쪽 모두 완벽했다.

'드래곤의 이야기로 시작하거나.'

혹은.

'마법으로 두들겨 패거나.'

후자로 시작하는 편이 좋겠다.

한 번쯤 겨뤄보고 싶었으니까.

자신과 비슷한 경지의 마법사.

그런 존재와 호각을 다투는 싸움.

물론 패배할 것 같지는 않았다.

'마법만큼은, 나보다 위란 없다.'

결심을 세운 이안이 다음 행선지부터 정했다.

'오번 파커.'

에반투스의 심복이었던 황성 귀족 오번 파커.

그의 황성 내 저택은 멀지 않은 곳에 있었다.

'일단 얼굴부터 좀 바꿔볼까.'

이안은 아직까지 복귀했단 사실을 숨기고 있는 몸, 사람들의 눈을 속이기 위해서라도 생김새를 바꿔야만 했다.

'페이스 오프.'

피에릭 영지의 파견 마법사 매리.

그녀가 사용하는 것과 같은 주문.

하나 이안의 마법은 수준이 달랐다.

단순히 인상을 바꾸는 정도가 아니었다.

실처럼 작아진 눈, 툭 튀어나온 이마 뼈, 좌우로 벌어진 코와 팔자주름까지. 비록 미청년은 아닐지언정 호감을 사기에 충분했던 얼굴은, 이제 흔적조차 찾아볼 수 없었다.

"너무 과하게 바꿨나."

그리 중얼거렸던 이안.

얼마 지나지 않아 생각을 바꿨다.

정체를 감추는 일이다.

'확실한 편이 좋겠지.'

걷기 시작한 지 삼십 분이나 지났을까?

이안의 두 다리가 저택 앞에 멈췄다.

에반투스의 심복으로 추정되는 귀족.

바로 오번 파커 일가의 대저택이었다.

"뉘쇼?"

저택을 지키던 경호원이 물었다.

이안의 한층 나빠진 인상 때문일까?

조금 무례하면서도 공격적인 어투였다.

6장
채찍과 당근

"뉘신데 자꾸 알짱거리쇼? 엉?"

이안은 잠시간 고민했다.

뭐라고 대꾸를 해야 좋을까? 빠르게 제압하는 편이 나을까?

'아니, 그보다는.'

이내 이안의 고개가 저어졌다.

엄한 곳에 힘 뺄 이유가 없었다.

자연스럽게 접근하는 편이 옳았다.

"아, 저는……."

경호원은 여전히 험상궂었다.

경계보단 깔보는 쪽에 가까웠다.

한껏 만만해진 외모의 힘이었다.

"오번 파커 공을 뵙고자 왔습니다."

"그분께서 무슨 여관방 주인인 줄 아나?"

"교단의 일로 상의 드릴 것이 있다 전해주신다면……."

"교, 교단?"

이제야 표정에 변화가 생기는 경호원.

그들도 용의 교단을 아는 듯 보였다.

"5황자 전하께서 보내셨습니다."

라그나르가 교단의 힘을 빌렸다는 것, 아직 정황만 있을 뿐 확실한 사실은 아니었다. 다만 가능성이 높았다. 란데오르의 꽃은 결코 라그나르가 스스로의 능력으로 다룰 수 있는 꽃이 아니었으니까.

"화, 황자 전하께서?"

그렇기에 '5황자'라는 수를 넌지시 던져봤다. 일단 경호원에게는 먹혀든 것 같았다. 흠칫 놀라는 꼴이 확실했다. 정말 라그나르가 연관이 있어서인지, 아니면 그저 황족이 거론되어서인지는 모르겠다만, 곧 알 수 있으리라.

"잠시만, 잠시만 기다려 주십시오."

깔보던 태도는 이미 사라진 뒤였다.

이안이 빙그레 웃으며 화답했다.

"다녀오세요."

평소였다면 호감을 살 법한 미소.

하나 지금의 모습은 아니었다.

물론 이안은 그 사실을 몰랐다.

그저 버릇처럼 웃었을 뿐.

"그, 그럼……."

흉한 미소에 당혹스러움 반, 떨떠름함 반이 섞인 표정으로 들어갔던 경호원, 그가 얼마 지나지 않아 저택을 빠져 나왔다. 누군가와 함께였다.

"이상하군."

경호원의 안내에 따라 천천히 걸어 나온 중년인, 오번 파커가 중얼거렸다.

"네놈은 누구지?"

"말씀 올렸듯, 5황자 전하께서……."

"그러니까 누구냐고, 네놈이."

오번 파커의 얼굴에 이안을 향한 의심과 오만함이 서렸다. 에반투스 앞에서 설설 길 때와는 전혀 다른 모습이었다. 아무래도 교단 내 상당한 입지를 가진 것 같았다.

"5황자 전하와 관련된 일이라면, 담당자를 따로 뒀을 텐데?"

거기까지 이야기한 오번 파커.

그가 경호원들에게 턱짓을 보냈다.

그러자 경호원들도 검을 뽑아 들었다.

이안을 향한 경계의 증거였다.

"똑바로 얘기하는 게 좋을 거다."

"……."

다소 갑작스런 위협.

이안은 빠르게 판단했다.

아까부터 확신하고 있었던 추측.

그 추측들을 활용할 때가 찾아왔다.

'제1 황실 기사단장, 덤필 모릿.'

황제의 침소를 지키던 노기사 덤필.

그자는 분명 5황자의 수작질을 봤다.

탕약에 잎사귀를 섞는 모습 말이다.

한데 아무런 대응도 보이지 않았다.

추측해 볼 만한 까닭은 한 가지.

'용의 교단과 한통속이겠지.'

아마 오번 파커가 말한 5황자의 담당자.

그 또한 황제의 호위기사, 덤필 모릿이리라.

"지금 덤필 경께서는 중요한 업무를 처리 중에 계십니다."

덤필이 언급되자 눈썹을 씰룩거린 오번.

이안은 그 찰나의 순간을 놓치지 않았다.

"하여, 전하께서는 오번 공의 도움으로 현재의 문제를 해결하고자 하십니다."

"현재의 문제?"

"여기서 말씀드려도 되겠습니까?"

이안이 경호원들을 바라봤다.

오번 역시 그 시선을 따랐다.

"으음……."

5황자가 다루고 있을 '현재의 문제'.

오번도 의미하는 바는 알고 있었다.

'5황자가 보낸 놈이 맞는 것 같군.'

오번이 경호원들에게 손짓했다.

무기를 거두라는 표시였다.

"따라오게."

이안은 오번을 따라 저택 안으로 들어섰다.

그 내부는 정말이지 '사치'의 표본이었다.

황족의 사가가 부럽지 않을 정도였다.

"그래, 무엇을 논의하고자 왔지?"

"거두절미하고 말씀드리겠습니다."

이안이 품속에서 무언가를 꺼냈다.

란데오르의 꽃으로부터 뜯어온 것들.

각각 한 장씩의 꽃잎과 잎사귀였다.

"꽃이 더 필요합니다."

"뭐? 충분하지 않던가?"

"전하께서 몇 번 실수를 하시는 바람에……."

"거 참, 뭐가 어렵다고 실수씩이나."

이안이 계속해서 승부수를 던졌다.

오직 감과 추측에 의존한 승부수.

그럼에도 거리낌은 없었다. 만약 수가 통하지 않는다?

힘으로 해결하면 그만이다. 단지 마나를 아끼고 싶었을 뿐.

'드래고니안과 만나기 전까지는.'

아마 부딪칠 확률이 높다.

페어리 퀸처럼 거리를 둘 터.

오직 마법으로 제압해야만 한다.

마나를 최대한 아끼는 이유였다.

"지금이 기회니, 어쩌니 하면서 방법 하나만 알려달라고 난리를 치더니만. 교주께서 그만큼 챙겨드렸으면 어련히 잘 해내셔야지! 실수가 뭔가? 실수가."

오번은 무려 5황자에게 핀잔을 줬다.

그의 교단 내 위치가 예상이 되었다.

더불어 가능성 또한 높아졌다.

'이 정도 교단 내 위치라면.'

분명 에반투스와도 연락이 닿겠지.

제대로 찾아왔다 싶은 이안이었다.

"전하께서도 죄송하단 말씀부터 꼭 전해달라고 하셨습니다. 교주이신 드래고니안 님께도, 그리고 교단의 어른이신 오번 파커 공께도 말이지요."

"죄송하다? 내게?"

"예. 분명 그리 말씀하셨습니다."

"하하! 그렇단 말이지? 이 오번 파커에게?"

오번 파커가 신이 난 듯 히죽거렸다. 아무리 교단 내 서열이 높다고는 하나, 상대는 엄연한 황자다. 그런 존재가 귀족인 자신에게 먼저 죄송하다며 숙이고 들어왔다. 말로 표현할 수 없는 만족감과 성취감이 오번의 허파를 간지럽혔다.

"크흠흠! 잘 알겠네. 내 특별히 5황자 전하의 급박한 심정을 헤아려, 교주께 직접 청을 올려보도록 하지. 여기서 잠깐 기다리고 있게나."

"감사드립니다. 오번 공."

기분이 좋아진 오번 파커.

그가 저택 내 서재로 들어갔다.

경호원을 붙이는 것도 잊지 않았다.

이 와중에 제법 철두철미한 성미였다.

'서재 안에 있는 건가?'

에반투스와 연락을 취할 수단이.

이제 어떻게 하는 것이 좋을까?

'조금만 더 기다려 보자.'

주변에 붙은 경호원들을 모조리 제압한 뒤, 곧장 따라 들어갈 수도 있었다. 하나 지금은 아닌 것 같았다. 돌아가는 상황을 조금 더 지켜볼 필요성이 느껴졌다.

'통신구일까? 아니면 포탈?'

이안은 저들의 연락책을 가늠해 봤다.

당장 떠올릴만한 방법은 두 가지였다.

전 탑주 허버트가 사용했던 포탈의 서책.

그리고 이안도 소지 중인 고성능 통신구.

혹은 그 이상의 성능을 가진 통신구.

'포탈은 아니겠지.'

이안의 상식으로는 그랬다. 통신구야 마나 저장기를 연결해 평범한 사람들도 사용할 수 있다지만, 포탈의 아티팩트는 아니었다. 그것은 마도 공학의 작품이 아니니까. 오직 마법사만이 발동시킬 수 있는 아티팩트란 얘기였다.

'음?'

한데 그 예상을 뒤집어버리는 존재가 나타났다. 바로 오번 파커의 아들이자 상아탑의 마법사이며, 한때는 이안의 보조 마법사이기도 했던 '파본 파커'였다. 그는 저택의 2층으로부터 내려왔다. 꼴을 보아하니 호출이라도 받은 모양새였다.

"공자님."

경호원 하나가 파본에게 다가갔다.

"지금 오번 공께서 서재를 사용하시고 계십……."

"알아, 알아. 부르셔서 온 거야."

파본 파커는 귀찮다는 듯 경호원을 밀쳤다. 동시에 대기 중인 이안과 눈이 마주쳤다. 물론 이안의 얼굴이 크게 바뀐 탓에 알아볼 수는 없었다.

"뭐야 저건?"

이안을 향해 툭 던진 파본이 서재 안으로 들어갔다. 6년 전, 12살이었던 이안에게 오만방자한 태도로 일관했던 놈이다. 이후 이안이 고위 마법사로 등극했다는 소식을 듣자마자 온갖 아부를 다 떨었던 그놈이기도 하다. 그런 놈이 뭐? 뭐야 저건?

'버릇은 평생 간다더니만.'

하나 이안에게는 그 건방진 태도보다, 놈이 서재 안으로 들어갔다는 사실 자체가 중요했다. 오번 파커의 아들 파본 파커, 놈은 명백한 마법사다. 이게 무엇을 뜻하겠는가?

'아티팩트를 발동시킬 수 있다.'

이안의 생각이 거기까지 닿았을 때.

행동에 대한 결론 역시 함께 내려졌다.

더는 상황을 지켜볼 필요가 없다.

바로 그러한 결론이 도출되었다.

"슬립, 페더 폴."

이안의 나지막한 한마디와 함께 경호원들이 우후죽순 쓰러졌다. 소리가 커지지 않도록 페더 폴, 저속낙하 주문도 친절하게 걸어줬다. 그는 불필요한 희생, 그리고 마나의 소모량까지 겸사겸사 줄이고자 일부러 하급 마법만 사용했다.

'한숨들 주무시고.'

이안이 서재 쪽으로 다가갔다.

문 앞에 멈춰서 귀부터 기울였다.

마나로 하여금 청각까지 강화시켰다.

서재 안의 소리를 듣기 위함이었다.

"파본. 어서 그 포탈을 열어다오."

"바깥에 저놈은 누구죠? 처음 보는 얼굴인데."

"황궁에서 나온 자다. 5황자가 보냈다고 하더구나."

역시 이안의 예상대로였다.

저들의 연락책은 포탈의 아티팩트.

물론 파본이 포탈을 만들 리는 없을 터.

에반투스에게 아티팩트라도 받았으리라.

"그럼 열겠습니다. 아버지."

"오냐, 부탁하마."

잠시 후, 서재 안에 포탈이 생성되었다.

탑주 허버트가 사용하던 것과 비슷했다.

아니, 똑같다고 표현해도 문제될 게 없었다.

검푸른 타원형의 포탈, 그것이 나타났으니까.

"용의 자손이시여."

오번 파커의 목소리가 이어졌다.

포탈 너머를 향한 목소리였다.

"미천한 종, 오번 파커가 뵙기를 청하나이다."

(말하라. 무슨 일인가?)

"예. 다름이 아니오라, 용의 자손께서 친히 그린리버의 황제로 선택하신 5황자, 라그나르 그린리버로부터 요청이……."

이안의 입꼬리가 씩 올라갔다.

일사천리란 말이 딱 들어맞았다.

오번 파커를 찾아온 것은 정답이었다.

숨어버린 에반투스를 끄집어낼 정답 말이다.

콰앙-!

잠겼던 서재의 문이 거칠게 열렸다.

거의 부서질 지경까지 이르렀다.

마법의 효과였으니 당연했다.

"이, 이봐! 지금 무슨 짓을……!"

오번 파커가 급히 이안을 막아섰다.

무려 교주와 독대를 나누는 자리.

하급 교단원이 낄 자리가 아니었다.

"네놈 따위가 영접할 분이……."

"비켜."

서재 안으로 들어온 이안.

그가 오번 파커를 치웠다.

파본 파커도 마찬가지였다.

간단한 마법이면 충분했다.

(……!)

이안이 포탈을 노려봤다.

동시에 사리지기 시작한 포탈.

하나 이안의 움직임이 더 빨랐다.

사실 움직임이랄 것도 없었다.

"블링크."

이안은 아주 단거리의 공간이동 마법, '블링크' 주문과 함께 포탈의 내부로 진입했다. 역시 그 건너편에는 에반투스가 있었다. 수명이 백 년 남짓 남았다는 자식들도 함께였다.

(네놈은⋯⋯?)

검푸른 포탈을 건너 도착한 공간.

그곳은 그야말로 색다른 공간이었다.

구름이 가까울 정도로 높은 고지.

전체적으로 움푹 파여버린 형태.

아주 푹신하고도 고운 흙바닥.

뭐라고 표현해야 좋을까?

'둥지.'

그렇다. 새의 둥지를 연상케 만들었다.

아마 무지막지하게 큰 새의 둥지겠지.

그러한 생물이라면 이안도 안다.

얼마 전에 직접 만나기도 했다.

비록 정신체에 불과했다만.

큰 새도 아니지만.

아, 날개는 달렸다.

'드래곤.'

용의 둥지.

드래곤 레어.

페어리들의 보금자리도 분명 드래곤 레어를 물려받았다고 들었다. 하면 이 드래고니안들 역시 비슷한 장소를 찾아 일종의 보금자리로 삼지 않았을까?

'물어보면 알겠지.'

일련의 생각을 갈무리시킨 이안.

그가 세 명의 드래고니안에게 웃어줬다.

"백 일 만에 뵙네요."

또한 나지막한 어조로 인사말을 건넸다.

"에반투스 님, 그리고 자손 분들."

이안의 인사말에도 에반투스와 그 자손들은 고개를 갸우뚱거렸다.

분명히 어디선가 들어본 목소리, 낯설지 않은 냄새, 하지만 처음 보는 얼굴이었다. 도대체 누구지? 에반투스가 눈을 가늘게 떴다.

(설마······?)

에반투스의 긴가민가한 반응에 이안이 손뼉을 쳤다. 달라진 생김새가 문제였다. 곧장 페이스 오프 주문을 풀고 본래의 모습으로 돌아왔다. 미청년까지는 아니었지만, 누구에게나 충분히 호감을 살 법한 얼굴, 마법사 이안 페이지 본연의 모습이었다.

(네놈은……!)

에반투스가 놀란 듯 중얼거렸다.

어찌 저 얼굴을 몰라보겠는가?

사라져 버렸던 이안 페이지.

놈이 눈앞에 나타났는데.

"제가 없는 동안 사고를 좀 치셨더군요."

이안이 쥐고 있던 란데오르의 꽃잎과 그 새파란 잎사귀를 바닥으로 흩뿌렸다. 에반투스 역시 어렵지 않게 알아볼 수 있었다. 알아듣기도 했다.

(사고라니? 설마 너희들의 황제와 관련된 문제를 말하는 것인가? 어림도 없는 소리다! 그것은 나의 명령으로 비롯된 일이 아니거늘! 어디까지나 너희들이 5황자, 라그나르라고 했던가? 그놈의 간곡한 요청으로……!)

반사적으로 자기변호에 돌입했던 에반투스, 이내 무언가를 깨닫고는 거리부터 벌렸다. 자신은 더 이상 이안의 권속이 아니었다.

자손들을 죽이고 자결하라는 명령 또한 사라졌다. 심지어 놈보다 강하기까지 하다. 권속의 주문, 그 범위만 유지하며 잡아 족치면 그만이라는 얘기다.

'당황할 필요가 전혀 없다.'

에반투스가 평정심을 되찾았다.

페어리와 용아병, 그들과는 달랐다.

저 인간이 권속의 힘을 부릴 수 있든.

또 어떤 대단한 능력들을 가졌든.

그것이 다 무슨 소용이란 말인가?

'놈이 세월의 허락을 대신 내려줄 것도 아니고.'

용의 힘을 쓴다 하여 용은 아니다.

브레스를 타고난 자신이 그렇듯. 저 인간 마법사도 마찬가지란 뜻이다.

'차라리 잘되었다.'

마침 거슬렸던 존재가 제 발로 찾아왔다.

불안 요소는 사전에 지워두는 것이 좋겠지.

'지금, 여기서 끝장을 본다.'

드래고니안, 에반투스의 붉은 눈동자가 번뜩거렸다. 동시에 그 흉측한 날개를 좌우로 뻗었다. 날아오르기 위해서였다.

(인간 마법사여. 이곳이 어디인 줄 아느냐?)

"용의 둥지였던 곳, 아닙니까?"

(맞다. 용케도 알아차렸군.)

그리 말한 에반투스가 용의 둥지, 그 표면 아무 곳에나 공격 마법을 난사했다. 하지만 그 어떠한 마법도 흠집조차 낼 수 없었다. 마법 자체를 흡수하는 것처럼 보였다.

"튼튼하네요."

이안의 짤막한 감상에.

(인간 따위의 무덤으로 쓰기엔 과분한 장소지.)

에반투스가 화답했다.

명백한 적대감의 표시였다.

"오늘은 아무도 죽지 않을 겁니다."

(지금 나를 제압이라도 해보겠다는 건가?)

"피를 보긴 좀 그렇죠."

이안의 목소리는 당당함으로 넘쳤다.

6클래스 주제에, 미치기라도 한 걸까?

에반투스의 비릿한 조소가 이어졌다.

(도대체 뭘 믿고 까부는 건지 모르겠군. 설마 아직도 그 권속의 주문을 믿고 있는 것이냐? 그렇다면 큰 오산이지. 네놈이 나의 근처로 접근이나 할 수 있을 거라 보는가?)

에반투스의 말이 계속 이어졌다.

(혹 저번처럼 다른 권속들의 도움을 믿는 건가? 그 멍청한 것들이 또 권속의 주문에 당하기라도 해버린 것이냐? 그래 봐야 소용없는 짓이다. 페어리들은 여기까지 날아오는 데만 수백 일이 걸릴 터. 용아병, 스파르토이 그놈도 마찬가지다.)

에반투스는 장담할 수 있었다. 이미 포탈은 닫혔고, 페어리 퀸과 페어리들이 날아오기엔 너무나도 먼 거리였다. 게다가 이곳은 용의 둥지다. 푹신할지언정 훼손시키거나 꿰뚫을 수 없는 마법의 대지로 이루어져 있다. 용아병의 뼈조차 심을 수 없다.

(네놈은 고립되었다. 아직도 모르겠는가?)

"그럴 리가요. 제가 바보도 아니고."

가벼이 대꾸해 낸 이안.

그가 전신에 마나를 끌어모았다.

격한 마나의 흐름에 핏줄마저 치솟았다.

완벽한 '전투태세'로 돌입하기 시작했다.

무려 동급 마법사와의 대결 아니겠는가?

전생과 이번 생을 통틀어 처음이었다.

참기 힘든 흥분과 기대감이 몰려왔다.

"권속의 주문은 사용하지 않겠습니다."

(……?)

"대신 자손 분들의 개입 없이, 깔끔하게 둘이서 해결을 봤으면 합니다. 만약 제3자가 끼어든다면, 저는 제가 가진 모든 역량을 동원하여 그 3자와 함께 죽을 겁니다. 그 정도는 가능하다는 거, 충분히 아실 거라 믿습니다."

애당초 에반투스는 그럴 생각조차 없었다.

6클래스의 인간 마법사를 처리하는 일?

자신이 가진 힘만으로도 충분했으니까.

문제는 놈의 원인 모를 당당함이었다.

'더 강해지기라도 했다는 건가?'

그러나 가능성은 적다. 그 짧은 시간에 어찌 6클래스를 돌파할 수 있겠는가? 제아무리 천재라 한들 놈은 인간에 불과하다. 성장의 최대치는 물론이거니와, 그토록 빠르게 성장할

리도 없다. 한계가 명확하단 소리다.

(객기라도 부리는 것인가?)

"말귀가 좀 어두우십니까?"

(……뭐?)

이윽고 이안의 육신에 변화가 나타나기 시작했다. 정체 모를 푸른색 기운이 전신으로부터 피어올랐다. 두 눈 또한 푸른색 안광으로 넘실거렸다. 뿐일까? 숨 한 번 내뱉을 때마다 푸른색 연기가 목구멍에서 토해졌으며, 치솟은 핏줄 또한 푸르게 빛났다.

"한번 붙어보자 이겁니다."

지금 이 순간.

이안은 붉은 피가 흐르지 않았다.

마나와 완벽하게 일체화된 푸른 피.

그 푸른색을 가진 피가 흐르고 있었다.

"마법으로."

통일 전쟁의 선봉장이었던 이안 페이지.

그가 전생에 창조해냈던 7클래스 마법.

아니, 마법이라기보다는 일종의 '현상.'

"메타모포시스, 마나."

그야말로 각성 상태에 돌입하는 주문.

드래곤의 정신체를 쓰러뜨렸던 수단.

바로 그 현상이 완성되는 순간이었다.

"용의 씨 좀 받은 것 가지고."

(……?)

"잘난 척 떠들기는."

이안이 내뱉은 명백한 도발.

에반투스의 얼굴이 일그러졌다.

붉은 눈동자가 흉악하게 번뜩거렸다.

(……악연을 끊어주마.)

"할 수 있으시다면."

그 높낮이조차 없는 한 마디와 함께.

이안의 몸이 아지랑이처럼 사라졌다.

텔레포트일까? 아니면 블링크?

정답은 둘 다 아니었다.

하지만 비슷했다.

(뭣……!)

이안은 어느새 에반투스의 배후에 나타나 속삭였다. 권속의 주문을 발동시키기에 정말이지 완벽한 거리, 그리고 상황이었지만.

"권속의 주문은 사용하지 않겠다, 분명 말씀드리지 않았습니까?"

거짓말이 아니었다.

이안은 권속의 주문을 사용하지 않았다.

덕분에 거리를 벌릴 수 있었던 에반투스였다.

"어느 쪽이 위에 있는지."

하나 이안은 신경 쓰지 않았다.

상대가 거리를 벌리든, 무슨 짓을 하든.

대신 육신으로부터 일렁거리는 마나.

그 마나의 강도만 더더욱 끌어올렸다.

"누가 더 높은 곳에 군림하는지."

수많은 드래곤 일족들, 그 스승이라는 최초의 마법사까지. 이안보다 강한 마법적 존재를 알아챘다. 한데 자신은 고작해야 드래고니안조차 제압할 수 없다면? 생각만으로도 끔찍했다. 그것은 이안의 자존심이 허락하지 않았다.

"이참에 한 번 판가름해 보죠."

이안의 마나가 둥지를 강타했다.

그 대상은 드래고니안, 에반투스였다.

(허억……! 헉! 허어억……! 크으!)

사방으로 퍼져나가는 거친 숨소리.

그 숨소리의 주인은 에반투스였다.

(어, 어떻게…….)

이해하기 힘든 에반투스였다.

졌다. 이안 페이지에게 패배했다.

권속의 힘에 굴복당한 것도 아니었다.

(내가, 내가 인간에게……?)

결코 다른 요소가 섞이지 않았다.

인간 마법사에게 실력으로 밀렸다.

자괴감마저 느껴질 지경이었다.

부정하고, 부정하고, 또 부정했다.

하지만 현실은 달라지지 않았다.

이미 만신창이가 된 몸뚱이.

바닥끝까지 소비된 마나.

모든 것이 알려주고 있었다.

(아, 아버지!)

(멈춰라!)

에반투스는 이 당혹스러운 와중에도 아들과 딸의 움직임부터 멈췄다. 저 인간 마법사에게 자신이 당했다. 그보다 훨씬 약한 자손들은 상대조차 되지 않는다는 얘기다. 무엇보다도 아까 했던 경고가 귓가에 맴돌았다.

"3자가 끼어든다면, 반드시 죽이겠다."

이안의 그 말은 결코 허언이 아니었다.

죽이고자 한다면 능히 죽일 수 있으리라.

(너희들의 상대가 아니다.)

(아, 아버지, 하지만……!)

"부모님 말씀은 일단 듣고 보는 겁니다."

그들의 대화를 잘라 버린 목소리.

승리자, 이안 페이지의 음성이었다.

물론 이안이라고 멀쩡하지만은 않았다.

단지 에반투스에 비하여 상황이 나을 뿐.

"후우……!"

이안이 에반투스의 앞에 주저앉았다.

아주 편하다 못해 친숙한 자세였다.

(……또 그 권속의 주문을 사용하려는 모양이군.)

예상했다는 듯 중얼거리는 에반투스.

자포자기한 심정이 역력하게 느껴졌다.

하나 이안의 대답은 그 예상과 달랐다.

"일단 사과부터 드리겠습니다."

(……갑자기 무슨 헛소리지?)

"처음 만났을 때, 제가 안전을 꾀한답시고 불합리한 명령부터 내리지 않았습니까? 심지어 권속의 영향으로 지킬 수밖에 없는 명령이었죠. 그 점, 사과드립니다."

(…….)

에반투스의 눈이 혼란으로 차올랐다. 자손들도 마찬가지였다. 방금 전까지만 해도 그랬다. 아주 찢어 죽일 기세로 마법을 퍼부었던 인간 아니던가? 한데 그런 자가 이제는 미안하단다. 도무지 꿍꿍이를 파악하기 힘들었다.

"행동으로 보나, 그 목적으로 보나, 자손들을 향한 애착이 강하신 것 같습니다. 저도 비슷하거든요. 이건 뭐, 거의 병에 가까우니까요."

(…….)

"그런 분께 수틀리면 자손들을 죽이라 명했으니, 감정이 상할 만합니다."

이안의 어조에 나름대로 진심이 묻어났다.

그 또한 가족이라면 눈부터 뒤집히는 자.

에반투스의 심정을 이해할 수 있었다.

(무슨 꿍꿍이인지는 모르겠다만…….)

"꿍꿍이 있는 거 맞습니다."

(네놈이 어떤 소리를 지껄이든 간에…….)

"그래도 한번 들어나 보십시오."

조금의 틈도 내어주지 않는 이안.

그가 옅은 숨을 내쉬며 중얼거렸다.

"드래고니안 에반투스, 당신이 모든 드래곤들의 수장, 리시스 라덴쥬님의 핏줄임을 알고 있습니다. 생각보다 대단한 아버지를 두셨더군요."

(……!)

순간 에반투스의 눈이 휘둥그레졌다. 그럴 수밖에 없었다. 이안이 말한 사실은 여타 드래곤의 권속들조차 모르는 일이다. 즉, 페어리 퀸이나 용아병도 에반투스가 어떤 드래곤의 후손인지 모른다는 뜻이다. 한데 인간이 어찌 그 사실을 알고 있단 말인가?

(그, 그걸 네놈이 어찌……?)

"직접 들었습니다."

(직접…… 들어……?)

이안의 말이 뜻하고 있는바.

에반투스는 정확하게 알아차렸다.

"거래를 하죠."

이안이 던진 미끼는 벌써 물었다.

이제 낚싯대를 들어 올릴 차례.

"저는 그분들을 만날 수 있습니다."

(그, 그게 사실인가?)

"에반투스 님도 마찬가집니다."

에반투스의 눈빛이 크게 흔들렸다. 더는 꼼짝조차 힘들 것 같았던 몸을 꿈틀거리며 이안에게 기어왔다. 그 모양새가 제법 처절하게 느껴졌다.

(방법을 말해다오. 사실이라면 내 무엇이든……!)

"사실입니다."

채찍은 실컷 휘둘렀다.

이제부터 당근의 차례였다.

"증명도 가능합니다."

이안은 에반투스가 꼭 필요했다.

시간의 보고로 들어가는 열쇠의 완성도.

란데오르 꽃의 채집과 해독의 방법도.

모두 에반투스의 손에 달렸으니까.

다른 문제들은 차후의 일이었다.

"대신."

이안의 입술이 느릿하게 떨어졌다.

7장
이번에야말로

"해독할 방법부터 알려주세요. 이유는 아시겠죠?"

(……변명처럼 들리겠지만, 너희 황제에 관련된 일은 내가 내린 명령이 아니다. 교단의 인간들은 5황자를 허수아비로 만들고자 청했고, 기회가 왔다기에 수단을 내어줬을 뿐이다. 그대도 일전에 얘기하지 않았던가? 교단을 계속 키우라고.)

그렇게 말해봐야 연관이 없어지는 건 아니지만, 인간을 드래곤 찾기의 도구로만 여겼던 에반투스에게 거기까지 바라는 것도 무의미했다. 마치 숫돌로 칼을 갈듯, 도구가 도구로서 제 기능을 할 수 있도록 도와줬을 뿐일 테니까.

'덕분에 라그나르가 빠져나갈 길도 사라졌다. 이번에야말로 끝을 볼 수 있겠어.'

더불어 라그나르에게 씻을 수 없는 불명예가 생기기 직전이었다. 이안이 가장 원했던 복수의 형태, 이른바 '이름의 죽음'이 조만간 가능해질 거라는 얘기였다.

"지금 잘잘못을 따지자는 게 아닙니다."

그러니 해독의 방법이나 알려 달라.

이안은 구태여 뒷말을 잇지 않았다.

(모른다.)

"……무슨 말씀이십니까?"

(나도 해독할 수 있는 방법을 모른다는 뜻이다.)

"이제 와서 거짓말이라도 하시는 거라면……."

(거짓이 아니다.)

단호하게 대꾸하는 에반투스였다.

(그 꽃은 과거, 그분들이 자주 사용하셨던 약재다. 잎사귀와 줄기는 비약으로 만들어 숙면을 취하실 때 복용하셨고, 꽃잎은 햇빛에 말려 태우시곤 했지. 뿜어지는 특유의 향을 즐기셨던 것으로 기억한다.)

즉 잎사귀와 줄기, 꽃잎의 효과가 각각 다르다는 얘기였다. 그러고 보니 레디오의 도감에도 비슷한 내용이 적혀 있었다. 파란색의 잎사귀와 줄기는 치명적인 극독이며, 자주색 꽃잎은 마나를 중화시키는 효능이 있다고.

'분명 라그나르도 잎사귀를 탕약에 넣었다.'

그 줄기와 잎사귀를 수면제로 썼단다.

무려 드래곤 일족의 수면제 말이다.

따로 해독제 따위가 필요했을까?

(믿지 못하겠다면 권속의 주문, 그 힘으로 확인해도 좋다.)

심지어 권속의 힘까지 자처하다니, 진심인 것 같긴 했다. 새삼 놀라움도 느껴졌다. 오만하고 적대적이었던 에반투스다. 이안에게 주어진 권속의 힘도 인정하지 않았다. 한데 그런 존재가 한순간 돌변해 버렸다.

(내 아이들의 명줄이 걸린 문제다. 어찌 거짓을 말하겠나?)

그리 말하며 모든 경계를 푼 에반투스.

권속의 주문으로 확인해 보라는 표시였다.

'확실하게 해서 나쁠 건 없지.'

이안은 시간의 보고로부터 돌아온 이후, 권속의 주문을 사용하지 않았다. 페어리 퀸에게도 그랬고, 에반투스에게도 마찬가지였다. 그럴 수밖에 없는 이유가 있었다.

'위험에 노출될 가능성이 크다.'

이안은 앞으로 시간의 보고에 들어갈 일이 종종 있을 거다. 그럴 때마다 권속의 힘이 풀린다면 여러모로 문제가 발생하지 않겠는가? 특히 지금까지 그랬던 것처럼 강압적으로, 혹은 아무런 동의 없이 사용할 경우 더더욱 위험해질 터.

'원만한 관계를 맺어둘 필요가 있어.'

그러한바, 지금은 기회였다.

아무런 강압성도, 속임수도 없이.

정당하게 권속의 주문을 펼칠 기회.

"에반투스 님의 말씀을 믿습니다만, 저도 급한지라 확인부터 좀 해보겠습니다. 괜찮으시겠습니까?"

(약속만 지킨다면.)

"물론입니다."

이윽고 권속의 주문이 발동되었다. 이안으로부터 뿜어진 황금색 마나가 에반투스를 휘감았고, 권속의 영향이 양측 모두에게 새겨졌다. 효과는 백일 전 당시와 똑같았다.

"정말 해독법을 모르십니까?"

(모른다.)

역시나 에반투스의 대답은 한결같았다.

이제 남은 방법은 두 가지로 추려졌다.

'드래곤들의 수면제라……'

시간의 보고로 들어가 꽃을 사용했을 당사자, 드래곤에게 직접 물어보는 방법이 첫째다. 하지만 이 방법에는 문제가 있었다. 먼저 불확실하다는 것, 과연 수면제 따위에 해독제가 필요했을까?

'그렇지는 않을 텐데.'

인간 역시 수면제는 존재한다. 길거리 연금술사들의 구멍가게만 들어가도 어렵지 않게 찾아볼 수 있다. 하나 그 수면제의 효과를 지워주는 비약? 그런 건 들어본 적도 없다.

'전혀 쓸모가 없으니까.'

드래곤들에게도 불필요했을 가능성이 컸다. 게다가 시간의 보고로 들어가는 열쇠, 그 붉은 용의 다섯 숨결을 당장 만들어내기도 어렵다. 몇 가지 희귀한 재료들을 추가로 구해야 하는 데다가, 가고일의 눈은 극소량만 남았다. 곧장 빠져나올 수 있다는 보장조차 없다. 저번처럼 보고 속에서 백 일이나 있어야 하는 상황이 온다면?

'큰일이지.'

현 황제의 목숨이 경각에 달린 상황.

신중하고 또 신중한 편이 좋았다.

'게다가 그 환술 속에서 들었던 경고.'

최초의 마법사로 추정되는 존재가 이안에게 남긴 말, '드래곤을 절대로 믿지 말라' 그 말이 자꾸만 거슬렸다. 그래서일까? 드래곤을 만나는 일이 조금은 꺼려졌다.

"흐음."

일단 첫 번째 방법은 보류였다.

이제 남은 건 두 번째 방법.

"그럼 혹시, 란데오르의 꽃을 채집하는 방법은 알고 계십니까?"

(그것은 어렵지 않다.)

이번에는 꽤나 쓸 만한 답변이 돌아왔다.

(인간들이 란데오르의 꽃이라 부르는 꽃, 그 꽃은 태생부터 저주를 타고난다. 뿌리 내린 자리에서 조금도 벗어날 수

없지. 하지만 그분들로부터 물려받은 신성한 불꽃, 브레스를 통해 저주를 정화시킬 수 있다.)

그 확신으로 가득한 대답에 조금 허탈함을 느낀 이안이었다. 지난 6년간 란데오르의 꽃을 채집할 수 있는 방법, 나아가 약재로 탈바꿈시킬 방법 하나 찾으려고 얼마나 고생했던가?

상아탑의 기록은 물론 황실 기록까지, 그야말로 찾아봄직한 기록들은 다 찾아봤다. 한데도 단서 한 줄 없더니만.

'이래서였나.'

용의 불꽃으로 타고난 저주를 푼다.

아이들 이야기책에나 나올 법한 방법.

하물며 그게 정답이었으니 오죽할까?

"그 저주가 풀린 꽃이라도 구해주셨으면 합니다만."

(어렵지 않다. 따라와라.)

힘겹게 몸을 추스린 에반투스.

그가 둥지의 한쪽 벽면으로 향했다.

'이건 벽이 아니군.'

그곳은 벽이 아닌, 마법으로 감춰진 통로의 입구였다. 아직 에반투스를 쓰러뜨리며 사용했던 마법, '메타모포시스 마나'의 영향이 이안에게 남아 있었다. 마나 친화적으로 변화된 상태이기에 마나의 흐름 또한 느낄 수 있었다.

스스스……

과연, 에반투스가 벽면으로 손을 뻗자 그대로 통과되었다. 내부는 동굴과 같은 모습이었는데, 라이트 주문과 비슷한 빛의 구체들이 둥둥 떠다녔다.

(이 둥지는 비교적 최근에 발견한 곳이다. 그때부터 쭉 우리들의 보금자리로 사용 중이지. 어느 분께서 사용하셨던 둥지인가는 나도 알 방도가 없다만, 사용하셨던 물건이나 수집품들은 남아 있더군. 그 꽃도 마찬가지다.)

깊숙이 들어가자 곧 창고로 추정되는 원형의 공간이 나타났다. 왜 창고냐? 간단했다. 금은보화가 마치 고물처럼 나뒹굴고 있었으니까.

(꽃은 여기, 이 상자에 담겨 있다.)

손때가 묻은 평범한 나무 상자.

그 안으로부터 찬 기운이 뿜어졌다.

수북하게 쌓인 란데오르의 꽃도 보였다.

(필요한 만큼 가져가라. 전부 가져가도 좋다.)

이안은 아무런 망설임 없이 상자 자체를 잡았다. 전부 다 가져가겠다는 의지였다. 해독제의 연구와 조제는 전적으로 레디오와 더글라스에게 맡겨볼 생각이었다. 재료야 많으면 많을수록 좋으리라.

'실력이 어마어마하게 늘었지.'

올해로 연금술 아카데미의 졸업반인 더글라스는 말할 것도 없었다. 실력으로만 따진다면 이미 3년 전에 졸업을 했어야 할 정도였으니 말이다. 뿐만 아니라 레디오의 실력도 일취월장했다. 본디 천재까진 아니어도 수재 정도는 되었던 연금술사 아니겠는가? 그런 자가 6년간 모든 역량을 연금술에 집중시켰다. 지금 당장 황실 연금술사장을 맡아도 문제가 없을 실력이었다.

(내가 또 도와줄 일이 남았나?)

하루아침에 적극적으로 변한 에반투스였다.

자식들의 명줄이 달린 문제 아니겠는가?

자존심이고 뭐고, 내던진 지 오래다.

"오늘 일로 교단이 시끄러워지지 않도록, 신경을 좀 써주셨으면 합니다. 특히 5황자 라그나르가 계속 허튼 수작을 부릴 수 있게, 그렇게 만들어주십시오."

곧 호들갑을 떨기 시작할 오번 파커.

그자의 입 구멍부터 막아 달라.

이안의 말은 그러한 뜻이었다.

(어렵지 않은 일이다.)

"부탁드리겠습니다."

고개를 끄덕거린 에반투스.

그가 조심스레 본론을 꺼냈다.

(이제…… 그분과 만날 방법을 말해다오.)

두 눈과 표정이 기대감으로 가득했다.

"방법 자체는 간단합니다."

이안 역시 그 기대감에 응답을 해줬다.

"제가 마시고 사라졌던 비약, 기억하십니까?"

(물론 기억하고 있다.)

"그걸 마시면 됩니다."

(……?)

생각에 잠겼던 에반투스가 말문을 이어갔다.

(그대가 나의 아버지이자 그분들의 수장, 리시스 라덴쥬님의 이름을 언급했을 때부터 예상은 했다만, 사실이었을 줄은…….)

에반투스 역시 예상은 하고 있었다. 과거 드래곤이 마셨던 액체, 자신의 브레스를 통하여 완성되는 액체. 바로 그 액체를 복용함과 동시에 사라졌었으니까.

"급한 일이 있어 당장은 어렵습니다. 대신 문제가 해결되는 대로 비약을 만들어드리도록 하겠습니다. 물론 에반투스님께서 도와주셔야 합니다. 브레스가 필요하니까요."

이안 특유의 정중함이 깃든 어조.

에반투스 또한 고개를 끄덕거렸다.

(알겠다. 기다리도록 하지.)

거래가 이안의 생각대로 마무리되었다.

이제 남은 것은 해독제를 만드는 일.

하여 현 황제의 목숨을 구하는 일.

'최대한 은밀하게 움직여야 한다.'

라그나르가 눈치를 채지 못하도록.

그래야 피날레도 즐거울 테니까.

'이번에야말로.'

복수의 마침표를 찍어낼 기회.

그 기회가 지척까지 다가왔다.

황실의 황태자 전용 도서관, 그 조용한 공간에 사락사락 책 넘기는 소리가 들렸다. 책에 적힌 내용을 입으로 웅얼거리는 목소리도 들려왔다. 버릇인 것 같았다.

'…….'

그 주인공은 바로 황태자, 하이든 그린리버였다. 한없이 진지한 표정으로 책에 적힌 내용만 바라봤다. 평소 그를 안다면 절대 익숙하지 않을 모습, 하나 최근까지 주변에 있었던 측근이라면 슬슬 익숙해질 법도 했다.

"전하, 식사는…….."

"나중에."

황태자의 곁을 지키는 단장 올리버가 말했으나, 황태자는 단칼에 거절했다. 목표했던 서책들을 독파해내지 못한 까닭이었다. 타고난 사람, 예컨대 5황자 라그나르였다면 이틀 내로 독파했을 서책들. 하나 황태자 자신은 그럴 수가 없었다. 벌써 일주일이 넘도록 매달렸음에도 마찬가지였다. 한계가 느껴졌다.

"식사는 단장부터 하도록 해. 괜히 나 때문에 배곯을 필요 없으니까. 이거, 명령이야."

"하오나……."

"명령이라니깐."

"……알겠습니다."

무어라 대꾸를 하고자 했던 단장 올리버.

그가 조용히 도서관을 빠져나갔다.

"하아."

황태자가 한숨을 내쉬었다.

그럼에도 책은 계속 넘겼다.

읽고, 읽고, 또 읽어댔다.

단순한 공부만은 아니었다.

일종의 위안이자, 도피였다.

'내가 멍청하기 때문일까?'

근자에 들어 몇 달.

황태자는 그런 생각을 떠올렸다.

이런 자괴감, 단언컨대 처음이었다.

'내가 멍청한 탓에 모두가 떠나는 걸까?'

건강하기만 했던 아바마마께서 병석에 누워버린 것도, 평생 자신의 곁을 지켜줄 것으로만 알았던 이안이 홀연 사라져 버린 것도, 전부 자신이 못나고 멍청한 탓은 아닐까?

'내가 달라진다면, 다시 돌아올까?'

황태자 자신이 크게 달라진다면.

그런 모습을 보인다면, 돌아올까?

사경을 해매는 아바마마의 건강도.

아무런 언질 없이 사라진 이안도.

'내가 지금보다 나아진다면…….'

황태자의 자괴감이 깊어지는 그때였다.

콰앙─!

도서관의 문짝이 부서질 듯 열렸다.

다른 누구도 아닌, 올리버의 짓이었다.

"단장……?"

황태자가 채 의아함을 씻어내기도 전에.

단장 올리버가 달려들기 시작했다.

그 방향은 황태자를 향하고 있었다.

"무, 무슨?"

"숙이십시오!"

맹렬한 기세로 달려들었던 올리버.

그가 책상을 박차고 뛰어올랐다.

황태자의 머리마저 넘어갔다.

채앵─!

동시에 애검 '문드아일'을 뽑아 휘둘렀다.

올리버의 목표는 황태자가 아니었다.

바로 그 뒤에 나타난 정체불명의 빛.

인간 형태의 백색 빛줄기를 노렸다.

"웬 놈이냐."

올리버가 칼자루 쥔 손에 힘을 주며 말했다. 인간 형태의 빛줄기는 마치 지팡이처럼 생긴 기다란 빛을 들고 있었는데, 그 빛줄기로 올리버의 검을 막아낸 것이었다.

"아휴, 깜짝이야."

"……?"

한데 빛줄기로부터 사람, 그것도 익숙한 청년의 목소리가 들렸다. 검을 겨눈 올리버에게도, 당황한 나머지 뒤를 돌아봤던 황태자 하이든에게도 그리운 목소리였다.

"그대는……?"

"마나를 감지하는 경지라도 이룬 겁니까? 이건 뭐, 진짜 괴물이 아니고서야."

올리버의 검을 툭 밀치며 말하는 빛줄기.

곧 완연한 사람의 모습이 완성되었다.

"이안……?"

황태자가 자리에서 벌떡 일어났다.

사라진 줄만 알았던 이안 페이지.

가장 기다렸던 아군의 등장이었다.

"역시, 역시 떠난 게 아니었어! 이렇게 돌아올 줄 알았다니깐? 하하! 대체 어디를 다녀온 게냐? 응? 여행이라도 다녀온 게야? 아니면 수련? 그것도 아니라면……."

황태자의 말이 속사포처럼 쏟아졌다.

묻고 싶은 게 한두 가지가 아니었다.

하나 황태자는 곧 마음을 가라앉혔다.

그로서는 더 중요한 문제가 있었으니까.

"이럴 때가 아니다. 지금 아바마마께서……."

"알고 있습니다."

"알고 있다고……?"

"폐하께서 쓰러지신 원인은 이미 찾아냈고, 현재는 치료제를 연구 중에 있습니다. 그 문제로 부탁을 드릴 것이 있어 이렇게 불쑥 찾아왔습니다. 무례를 용서해 주시길."

황태자의 창백했던 얼굴에 화색이 돌았다. 이미 알고 있는 것으로 모자라, 아바마마께서 쓰러지신 원인까지 찾아냈단다. 심지어 치료제까지 연구 중이라니? 과연 이안이었다.

황태자 인생 최고의 아군이자 복덩이, 어찌 그에게 무례함 따위를 운운할 수 있겠는가? 지금 당장 황태자 자신의 뺨을 때려도 웃을 수 있으리라.

"무례는 무슨, 당치도 않다! 그보다 그 부탁이라는 것부터 얘기해 보아라. 무엇이 되었든 내 전력을 다해 도와주도록 하마."

이안이 급하게 황태자를 찾아온 이유.

바로 레디오와 더글라스의 요청 탓이었다.

"예 전하. 무리한 부탁은 아니옵고, 황실 연금술사들의 연구실과 도구를 사용할 수 있는 권한이 필요합니다."

"연구실과 도구?"

란데오르의 꽃을 연구하기 시작한 레디오와 더글라스는 곧 '도구의 한계'에 부딪쳤다. 돈으로 구할 수 있는 도구들은 모두 저택 연구실에 구비해 줬지만, 그 외의 특수한 도구들이 문제였다. 예컨대 국가적으로 판매가 금지되어 오직 황궁에서만 사용할 수 있는 최고급 도구들, 그러한 도구들의 힘이 절실했다.

"혹시, 저와 함께 사는 이들을 기억하십니까?"

"그 땀 잘 흘리는 집사를 말하는 게냐?"

"집사…… 는 아니고, 연금술사입니다."

"응? 그 친구가 연금술사였어?"

실로 의외라는 표정이 역력한 황태자.

지금껏 레디오를 집사로 여긴 모양이었다.

"이건 상아탑의 추천서입니다. 전하께서 최종 승인만 내려주신다면, 그 레디오가 황실 연금술사장의 권한을 받게 됩니다. 물론 임시로 말이죠. 기간은 폐하의 건강에 특별한 변화가 생기는 순간까지입니다."

란데오르의 꽃은 마법사들에게 치명적인 존재다. 최대한 비밀리에 연구할 필요가 있었다. 연금술사장의 권한을 받아 둔다면 출입하는 연금술사들도 통제할 수 있을 터, 연구실을 마음껏 사용함과 동시에 비밀 유지 또한 쉬워지리라.

"연금술사들의 반발이 심하지 않겠느냐?"

"어느 정도는 예상하고 있습니다. 하지만 필요 이상의 반발은 힘들 겁니다. 그들은 폐하의 치료는커녕 원인조차 밝혀내지 못했으니까요. 두고 보겠다는 심정이 전부겠죠."

황실 연금술사들로서는 입이 열 개라도 부족한 상황 아니겠는가? 외부의 연금술사가 며칠 전권을 받아 휘두를지언정 반발할 입장이 아니었다. 심지어 황태자와 상아탑의 공통된 허가까지 받아낸 실력자라면 더더욱 그럴 거다.

"그리고, 저의 복귀는 비밀로 해주셨으면 합니다."

"어째서?"

"폐하의 건강 악화에 배후가 있습니다."

"뭐라? 배후?"

황태자가 크게 놀라며 되물었다.

올리버의 눈매 또한 날카로워졌다.

"그, 그것들이 누구지?"

"전하께서도 곧 아시게 될 겁니다. 그때까지만 비밀로 해주십시오. 그래야 그 배후도 꼬리를 마음껏 내놓지 않겠습니까?"

"으음……."

잠시 고민에 빠졌던 황태자.

그 배후라는 존재가 궁금하긴 했다.

당장 추포해 엄벌을 내리고 싶었다.

하나 일단은 꾹 참기로 마음먹었다.

이안의 말뜻을 이해한 까닭이었다.

"저의 복귀가 비밀이니만큼, 레디오를 추천하는 주체 역시 상아탑의 의지로 공표될 예정입니다. 임시 상아탑주인 데커드 님과 로난 님의 뜻으로 말이죠. 상아탑주 이안 페이지의 전속 연금술사를 황실에 천거한다는 명분입니다."

그 말에 황태자가 고개를 끄덕거렸다.

예전이라면 몇 번은 더 되물었을 이야기.

"과연, 무슨 뜻인지 알겠다."

하나 이제는 달랐다. 단번에 알아들었다.

이안 역시 의외인 듯 황태자를 바라봤다.

그 옆에 선 올리버와도 눈이 마주쳤다.

가볍게 고개만 끄덕거리는 올리버.

6년의 변화가 빛을 보기 시작했다.

"조만간 정식으로 찾아뵙겠습니다."

"벌써 가려는 거냐? 얼마 만에 본 건데……."

"아직 처리할 일이 많아서…… 송구합니다."

아쉬운 눈으로 자신을 바라보는 황태자의 얼굴에, 이안은 새삼 두 번째 삶의 변화를 느껴졌다. 본디 사람이란 쉽게 변하지 않는다고 여겼다. 한데 지금 저 황태자를 보라.

'참 많이 변했어.'

전생과 비교해서. 아니, 그렇게 멀리가지 않아도 된다. 처음 만났을 때와 비교하더라도 눈에 띄게 달라졌다. 당시 이 안은 황태자 하이든을 쥐고 흔들 수 있는 도구쯤으로만 여겼으니까. 쓸모가 다한다면 가차 없이 버릴, 딱 그 정도의 도구 말이다.

'잘하고 있는 건지는 모르겠지만.'

과연 황태자와 필요 이상으로 가까이 지내는 게 옳은 판단일까? 확신할 순 없었다. 하지만 저번 생과는 여러모로 달라졌다.

이미 배신을 경험해 봤고, 한결 단단해졌다. 사람을 보는 눈도 생긴 것 같았다. 결코 똑같은 과오를 되풀이하진 않을 것이리라.

"그럼 소인은 이만 물러가겠습니다."

"이, 이안!"

"하명하시지요."

잠시 망설였던 황태자.

그가 어렵게 입술을 뗐다.

"……또 말없이 사라지거나, 그러지는 말아라."

"여부가 있겠습니까."

피식 웃으며 대답한 이안이 새하얀 빛과 함께 사라졌다.

갑작스러운 사라짐에 황태자와 올리버는 잠시 어리둥절했지만, 곧 대수롭지 않게 넘어갔다. 이안은 표현 그대로 상상을 초월하는 대마법사였으니까. 이제 뭘 하든 고개부터 끄덕

여겼다.

"……."

한동안 말이 없었던 두 사람.

황태자 하이든과 단장 올리버.

먼저 정적을 깨는 쪽은 황태자였다.

"단장."

"예, 전하."

"가자."

"예?"

"식사하러."

한없이 어두웠던 황태자의 얼굴.

그 표정에 생기가 돌기 시작했다.

이제 아바마마만 쾌차하신다면.

모든 것이 제자리로 돌아온다면.

더는 바랄 게 없으리라.

"아바마마도 뵙고."

황태자는 한동안 아버지를 찾아가지 않았다. 모두 자신의
탓이라는 자괴감이 원인이었다. 하지만 이제부터는 달랐다.
이안이라면 황제의 건강을 반드시 회복시켜 줄 터.

'믿고 기다리자.'

그리고.

'할 수 있는 일을 하자.'

일국의 황태자로서.

한 가정의 장남으로서.

황태자의 발걸음이 가벼워졌다.

요 근래 가장 가벼운 발걸음이었다.

이안의 전속 연금술사, 레디오와 더글라스가 황실 연금술 기관을 독점한지도 수십여 일이 지났다. 처음 그 소식이 알려졌을 때, 5황자 라그나르는 불안함을 느꼈다. 설마 이안 페이지가 돌아온 건 아닐까? 충분히 고려해 볼 만한 문제였다.

'역시, 괜한 걱정이었어.'

하나 그 걱정들은 기우에 불과했다. 어떠한 이변도 일어나지 않았으니까. 이안 페이지의 행방은 여전히 오리무중이었으며, 놈의 연금술사들도 이렇다 할 성과가 전혀 없었다. 모든 것이 라그나르의 계획대로 순조롭게 흘러갔다.

'교단까지 나를 전폭적으로 돕기 시작했다.'

얼마 전부터는 용의 교단도 라그나르의 계획을 적극 도와주기 시작했다. 강력한 마법사이자 교주, 그 날개 달린 반룡인이 직접 나서 상황을 살펴줄 정도였다. 이안 페이지의 행방은 물론, 상아탑의 추천으로 들어온 연금술사들의 성과까지 말이다.

'이제 정말 조만간이란 뜻이야.'

무려 그 교주란 존재가 확언을 줬다.

아무런 문제도 없으니, 계속 진행하라.

정말이지, 그보다 더 든든할 수가 없었다.

전 탑주 허버트의 비호를 받던 시절보다 훨씬 믿음직스러
웠다. 그만큼 떨쳐내기도 힘들겠지만, 지금은 방해꾼들부터
처리하는 것이 급선무였다.

'공주만 아니었다면 더 빨리 끝을 봤을 텐데.'

유일한 문제가 있다면 공주였다.

요즘은 황태자까지 가세해 버렸다.

둘이 밤낮으로 황제의 곁을 지켰다.

덕분에 독을 투여하기가 어려웠다.

'성가신 연놈들.'

하지만 괜찮았다.

계속해서 천천히 죽어가는 황제.

그 질긴 명줄도 얼마 남지 않았을 터.

조만간 끝장을 볼 수 있으리라.

"하하하……!"

라그나르의 웃음이 터져 나왔다.

어렴풋한 광기가 실린 광소였다.

이제 그는 죄책감조차 느끼지 못했다.

'오늘도 확인을 해줘야겠지.'

라그나르는 매일같이 황제를 찾아갔다.

하루가 다르게 창백해져가는 얼굴.

죽어가는 모습을 확인하기 위함이었다.

잎사귀 몇 장 뜯는 것도 잊지 않았다.

당연한 일상이 되어버린 거다.

'이왕이면 내가 보는 앞에서…….'

인간의 탈마저 벗어던진 라그나르.

그가 황제의 침소로 들어섰다.

"……?"

한데 평소와는 사뭇 달랐다.

공주도, 황태자도 보이지 않았다. 노기사 덤필 모릿 역시 없었다.

오직 황제만 누워있는 침소.

'다 어디 갔지?'

침소 앞 근위병에게 물어볼까?

그런 고민이 드는 찰나.

'탕약……?'

탁자 위로 약병 하나가 보였다.

보온 마법이 걸려 따듯한 약병, 바로 탕약을 담은 약병이었다.

'아직 먹이지 않은 건가?'

황태자와 공주의 부재.

덩그러니 남아 있는 탕약.

다소 의심스러움이 느껴졌다.

그러나 명백한 기회이기도 했다.

추가적으로 극독을 투여할 기회.

이번에야말로 끝장을 내버릴 기회.

"......."

라그나르의 어깨가 부르르 떨렸다.

소매 속 잎사귀를 만지작거렸다.

'어떻게 하지?'

확 저질러 버릴까?

그래도 되는 건가?

조금 수상한데?

온갖 고민이 순식간에 스쳐갔다.

'......하자.'

증거는 없다.

보는 눈도 없다.

독을 찾아낼 수단 역시 없다.

그저 탕약이 눈에 보였을 뿐이다. 하여 아비께 먹여드렸을
뿐이다.

와병 중인 아비와 따끈한 탕약. 대체 무엇이 문제겠는가?

지극히 정상이다.

그래, 정상이야.

'어차피 다 죽어가는 몸.'

예정보다 빨리 죽는 것뿐이다.

아무런 문제도 일어나지 않는다.

물론 약간의 의심은 있을 수도 있다.

해봐야 황태자와 공주의 의심이겠지.

그쯤이야 무시해 버리면 그만이리라.

증거가 없는데, 의심은 무슨 의심?

'이번에야말로.'

라그나르의 결심이 세워졌다.

소매 속 잎사귀들을 꺼냈다.

탕약에 그대로 집어넣었다.

사르르 녹아내리는 잎사귀.

색이나 향의 변화조차 않았다.

아무런 증거도 남기지 않는 '극독의 탕약'이 완성된 것이다.

"후우! 후! 후우우……."

라그나르가 탕약을 집어 들었다.

거친 숨이 목구멍에서 쏟아졌다.

극도의 긴장감마저 느껴졌다.

갑작스레 죄책감이라도 살아난 걸까?

아니, 그러한 이유는 아닌 것 같았다.

"아바마마……."

이윽고 라그나르가 황제 앞에 섰다. 반듯한 자세로 잠든 황제로부터 숨소리가 들려왔다. 심장마저 일정하게 뛰고 있었다. 눈만 뜨지 못할 뿐, 그는 아직도 건재했다.

"당신도…… 심장이 뛰긴 뛰는군요."

신기한 듯 중얼거린 라그나르.

그가 아비의 상체부터 부축했다.

탕약을 한술씩 떠먹이기 위함이었다.

"부디 저승에 가시거든……."

라그나르가 작은 소리로 속삭였다.

동시에 탕약 한술을 크게 떴다.

이미 5황자의 마음은 정해졌다.

조금의 망설임조차 없었다.

"절대로 저를, 용서하지 마십시오."

아비의 턱을 당겨 벌리고자 했다.

그 안으로 탕약을 털어 넣고자 했다.

단언하건대, 어려운 일은 아니었다.

온몸이 떨려 쉽지가 않았을 뿐.

"용서받을 필요도, 그걸 바라지도 않으니까요."

바로 그때였다.

"정녕."

철근이 달린 것처럼 무거운 목소리.

그럼에도 깊은 애통함이 동반된 목소리.

황제의 목소리가 침소를 진득하게 울렸다.

"그러하더냐?"

죽어가고 있는 줄만 알았던 황제.

이제 정말 끝이라고 생각했던 황제.

라그나르의 아비, 테리 그린리버.

그가 충혈된 두 눈을 부릅떴다.

"아, 아, 아, 아바…… 마마……?"

라그나르가 황급히 물러났다.

들고 있던 약병마저 떨어뜨렸다.

머물 곳을 잃고 흔들리는 눈빛.

새파랗게 질려 들썩이는 입술.

제 기능을 잃어버린 목구멍까지.

"지금 내 귓가에 속삭인 얘기가."

황제가 몸뚱이를 완전히 일으켰다.

뿐인가? 아예 침상에서 일어나 버렸다.

그린리버 제국 역사상 최장신으로 기록될 황제. 테리 그린리버의 태산과도 같은 육신이 라그나르를 내려다봤다.

"정녕 라그나르, 너의 진심이더냐?"

잡티 하나 없이 정제된 분노.

그 속에 얽힌 통탄스러움.

황제의 목소리는 그러했다.

"대답해 다오."

"……."

라그나르는 아무 말도 할 수 없었다.

그저 무의식적인 뒷걸음질만 쳐댈 뿐.

하나 그 뒷걸음질도 한계란 존재했다.

툭!

등으로부터 전해지는 감촉에 라그나르가 뒤를 돌아봤다.

"……!"

그곳에는 사라진 줄만 알았던 눈엣가시.

마법사 이안 페이지가 손을 뻗고 있었다.

침소에는 황제만 있었던 것이 아니었다.

투명화 마법 탓에 보이지가 않았을 뿐.

"네, 네, 네놈……?"

다 죽은 줄만 알았던 황제의 쾌차.

사라졌다고 확신했던 이안의 등장.

수상함을 느꼈음에도 걸려든 자신.

라그나르의 머리가 깨질 듯 아파왔다.

"이, 이게…… 이게 무슨……."

그는 이 상황을 이해할 수가 없었다.

아니, 조금도 이해하고 싶지 않았다.

상황이, 전세가 너무 급격하게 변해 버렸다.

"끝이다. 라그나르."

"끝…… 이라고?"

이안이 싸늘한 어조로 읊조렸다.

황제의 쾌차도, 교단의 전폭적인 지원도.

신중치 못했던 라그나르의 마지막 판단도.

모든 배후에는 이안 페이지가 존재했다.

"그, 그래! 네놈이 마법으로 나를, 나를 조종한……!"

"마법은 쓴 건 맞아."

"역시! 역시 그랬…….."

"그래서 끝이라는 거다."

"뭐……?"

라그나르가 황제의 침소로 들어섰을 때, 이안은 한 가지 마법을 부렸다. 그리 특별한 마법은 아니었다. 당장의 욕망에 강한 이끌림을 느끼는 정신조작 마법, 조금이라도 건강한 정신 상태를 가졌더라면 쉬이 저항해 낼 수 있는 초급 마법에 불과했다.

"네 상태를 증명한 꼴이니까."

하지만 피폐해질 대로 피폐해져 버린 라그나르의 정신으로는 일말의 저항조차 할 수 없었다. 바로 그 결과가 눈앞에 펼쳐졌다. 수상함을 느꼈으면서도 결국 저질러 버렸다. 아비의 눈앞에서 독을 탔고, 저주와 같은 말까지 속삭였다.

"아, 아바마마! 억울하옵니다! 소, 소자, 분명 저놈의 간악한 마법에 당한 것이 틀림없사옵니다. 제가 어찌, 제가 어찌 하나뿐인 아바마마를 해할 수가 있겠사옵니까?"

"……."

황제에게 달려가 무릎을 꿇은 라그나르.

그가 부들부들 떨며 변명하기 시작했다.

모든 것은 이안 페이지가 꾸민 거다.

놈의 간악한 마법에 당했을 뿐이다.

자신은 추호도 잘못한 것이 없다.

씨알조차 먹히지 않을 변명들.

"아바마마! 부디 소자의 진심을……!"

아비의 발까지 부여잡으며 울부짖는 아들, 그런 아들을 착잡한 눈으로 바라보는 황제. 그 부자간의 신파극이 얼마나 지났을까? 극은 결말을 향해 치닫기 시작했다.

"다 끝났다. 아들아."

"아, 아바마마……?"

라그나르는 인정할 수 없었다. 도대체 무엇이 끝이란 말인가? 화가 솟았다. 신경질이 났다. 끝까지 자신의 손을 잡아주지 않는 아비에게도, 기세등등하게 자신을 바라보는 저 마법사 나부랭이 놈에게도.

"……마음에 안 들어."

라그나르의 눈매가 순식간에 가라앉았다. 방금까지만 해도 눈물로 글썽거렸던 눈은 온데간데없었다. 감정의 기복이 가면을 쓰고 벗는 경지에 이르렀다.

"이래서 그런 거야."

"라, 라그나르……?"

"이래서, 죽이고 싶었다고."

감정이 지워진 라그나르의 목소리.

그간의 모든 혐의를 인정하는 한마디였다.

"끝까지, 마지막까지 자식 취급도 안 해주는군."

그가 창가로 휘청휘청 걸어갔다.

그리고는 품속에서 수정구를 꺼냈다.

교주, 에반투스로부터 받은 통신구였다.

"당신도, 그 멍청한 황태자 놈도, 다들 저 잘나신 대마법사 이안 페이지 나리만 믿고 있는 모양인데, 알아? 그 줄, 잘못 잡았어. 잘못 잡아도 아주 한참 잘못 잡았지."

라그나르가 통신구를 발동시켰다.

통신구 특유의 푸른빛이 뿜어졌다.

"용의 자손이시여! 그 인간 마법사, 이안 페이지가 제 눈앞에 나타났습니다! 부디 저를 도와주소서. 당신의 미천한 종을 구원해 주시옵소서!"

라그나르가 통신구를 향해 중얼거렸다. 황제의 발목을 부여잡고 믿어달라며, 모든 것은 이안 페이지가 꾸민 간악한 흉계라며 애원하던 순간보다도 절박한 목소리였다.

[…….]

그러나 라그나르의 바람과는 달랐다.

통신구로부터 아무런 반응도 오지 않았다.

예상대로라면 교주의 목소리가 들려야 했다.

이 통신구를 받은 이래 쭉 그래왔으니까.

"요. 용의 자손이시여……?"

라그나르가 통신구를 빤히 바라봤다.

두 손으로 잡고 흔들기까지 했다.

"요. 용의…… 당신의 미천한……."

교주, 그 괴물이 반응해 줘야만 한다.

흉측한 날개와 함께 와줘야만 한다.

하여 저놈, 이안을 죽여줘야만 한다.

저놈보다 더 강력한 마법으로 말이다.

"왜……?"

"그래서."

당혹감으로 물든 라그나르에게 이안이 속삭거렸다.

서로한테만 들릴 정도로 작은 목소리였다.

"끝이라고 했잖아."

"……!"

이안의 손짓 한 번에 통신구를 빼앗겨 버린 라그나르, 다시 낚아채려고 했으나 역부족이었다. 통신구는 이미 이안에게 넘어갔고, 파쇄의 주문과 함께 산산이 조각나버렸다.

"으…… 으으, 으으으……!"

도저히 믿을 수가 없는 상황.

라그나르의 다리에 힘이 풀려 버렸다.

힘없이 주저앉아 머리칼을 쥐어뜯었다.

백금발의 가닥들이 바닥으로 떨어졌다.

"이럴 리가, 이럴 리가 없는데……."

불과 방금 전까지만 해도.

침실에 들어오기 전까지만 해도.

모든 상황은 만족스럽게 흘러갔다.

철저히 라그나르의 의지대로였다.

흐르라면 흘렀고, 멈추라면 멈췄다.

그런데 왜? 갑자기 왜?

"도대체…… 왜?"

이윽고 침실 안으로 근위병들이 들이닥쳤다. 이 상황을 미리 전해 들었던 황태자와 공주도 함께 들어왔다. 근위병들은 주저앉은 5황자 라그나르를 포위했으며, 황태자 하이든과 공주 하이리는 서둘러 황제를 부축했다.

"아바마마! 괜찮으시옵니까?"

"……나는 괜찮다. 괜찮아."

그러나 황제는 황태자와 공주의 부축을 뿌리쳤다. 대신 포위된 라그나르에게 천천히 걸어갔다. 병사들 역시 한발씩 물러났다. 길을 만들어준 거다.

"라그나르."

황제가 라그나르를 불렀다.

처음 떠올렸던 분노는 지워진 지 오래였다.

오직 슬픔만이 남아 빈자리를 가득 채웠다.

"내가 너를 이렇게 만들었구나."

"……."

"미안하다. 진심으로 미안하다."

"……."

황제의 사과는 진심이었다.

라그나르가 태어난 이후 모든 일들.

지금까지 해줬던, 해주지 못했던 일들.

그리고 지금부터 집행해야 할 모든 일들.

그 모든 것에 대한, 진심 어린 사과였다.

"……말씀드리지 않았습니까? 아바마마."

아비의 사과를 들은 라그나르.

그가 나지막하게 중얼거렸다.

"저를 용서하지 마시라고."

"라그나르……."

"그럴 필요도, 바라지도 않는다고."

라그나르의 목소리 또한 초연해졌다. 불과 방금 전까지 보여줬던 광기, 분노, 집착, 절박함, 당혹스러움. 그러한 기름기들이 깔끔하게 빠져버린, 아주 담백한 어조였다.

"그 말들, 정녕 진심이냐고 물으셨지요? 네. 진심입니다. 진심이고말고요. 다 죽어가는 아바마마의 귓가에 그리 속삭이는 것, 아주 오래 전부터 꿈꿔왔던 순간이었습니다."

라그나르가 힘이 풀렸던 다리를 움켜잡고 일어났다. 창문 밖 어둑어둑해진 하늘을 바라보며 말문을 이어갔다.

"즐거우시겠습니다? 그토록 의심하고 경계하셨던 저의 본성, 그 본모습을 만천하에 끄집어냈으니, 아끼고 아끼는 장남, 황태자를 위협하는 마지막 방해꾼이 자멸해줬으니."

"라그나르. 나는 한 번도 너를……."

"집어치우시지요. 받잡기 역겹습니다."

라그나르가 황제의 말문을 끊어버렸다. 본디 조롱과 조소로 가득해야 할 반응이었으나, 그 어떤 감정의 조각도 깃들어 있지 않았다. 무감정의 극치를 보여주고 있었다.

"하오시면, 폐하."

창가에 살며시 걸터앉은 라그나르.

그가 빙그레 웃으며 읊조렸다.

"부디 아끼는 이들과 대대손손 행복을 누리시길."

마지막으로 남기는 인사와 함께.

라그나르의 몸뚱이가 뒤편으로.

창가 아래를 향해 떨어지기 시작했다.

"라, 라그나르!"

가장 먼저 반응한 것은 황제였다.

그러나 황제의 손은 허공을 잡았다.

아들의 어떤 부분도 잡을 수 없었다.

"라그나르—!"

창 아래를 내려다보며 외치는 황제.

추락하는 라그나르의 모습이 보였다.

황제의 침소는 황궁에서 가장 높은 곳.

이대로 떨어진다면 죽음을 면치 못할 터.

'자살이라.'

그 광경에 대한 이안의 감상이었다.

이안은 라그나르의 죽음을 막을 수 있었다.

충분히 그럴만한 능력을 소유했으니까.

하나 손가락 하나도 움직이지 않았다.

'굳이 내 손에 피를 묻힐 이유는 없지.'

항상 바랐던 순간 아니던가? 그야말로 완벽한 죽음의 시나리오다. 5황자는 자신의 친 아비인 황제를 시해하고자 했으며, 발각되기 무섭게 자살을 선택했다. 오늘의 이야기는 그뿐이다. 아무런 명예도, 아무런 동정의 여론도 없이 역사 속에 기록되리라.

'잘 가라. 라그나르.'

시간을 되돌린 당시부터 원했던 순간.

복수의 마침표가 찍히는 그때였다.

"……?"

이안이 흠칫 놀라며 주변을 살폈다.

실로 기이한 이변들이 감지되었다.

단언하건대, 처음 겪어보는 현상이었다.

'……뭐지?'

적어도 눈앞에 펼쳐지기 시작한 현상.

그 현상만큼은 정확히 말할 수 있었다.

회색, 세상이 온통 회색으로 물들어갔다.

황제의 침소에 세워진 모든 가구도, 황제, 황태자, 공주와 근위병들도, 깔린 카펫과 저녁의 하늘까지.

'게다가 멈췄다.'

어디 그뿐일까?

회색으로 물든 세상이 멈춰 버렸다.

아무도, 아무것도 움직이지 않았다.

'마법인가?'

세상이 회색빛으로 물들었다.

세상이 그 순간에 멈췄다.

마치 시간이라도 정지된 것처럼.

'나만 영향을 받지 않았어.'

그중 단 한 사람. 이안만이 색을 가졌다. 자유롭게 움직일 수도 있었다.

'어째서?'

오직 이안만 색을 갖고, 이안만 움직인다.

이안의 시간만 흘러가고 있는 걸까?

당혹스러움과 고민이 한데 뒤엉켰다.

만약 이것이 의도된 현상이라면.

즉, 누군가가 부린 마법이라면.

'드래곤, 혹은.'

그들과 동급 이상의 존재.

예컨대 최초의 마법사라 불리는 자.

분명 그러한 존재가 벌인 소행일 터.

이안의 추측이 가기까지 닿았을 무렵.

"······?"

라그나르가 뛰어내렸던 창밖.

회색빛으로 물들어 버린 저녁 하늘.

그 멀리서부터 눈에 띄는 '색'이 보였다.

"황금색?"

멀찍이 보인 색은 황금색과 비슷했다. 아니, 황금색이라기
엔 조금 짙었다.

갈색이라 부르기도 조금 옅었다.

마치 이안의 머리칼과 같은 색깔.

밝은 갈색의 '점'이 보였다.

"저건······."

처음에는 분명 점처럼 보였다.

하늘에 점 하나 찍어둔 것 같았다.

그런데 그 황금색의 점이 가까워졌다.

가까워지면 가까워질수록 거대해졌다.

그리고 형체를 이루어내기 시작했다.

"드래곤?"

이안의 추측이 정확하게 맞아떨어졌다.

이 기괴한 현상을 일으킨 존재.

저 멀리서부터 날아오는 존재.

그것은 시간의 보고에서 봤던 드래곤.

그 정신체와 대부분 일치하고 있었다.

차이가 있다면.

'다르다.'

보고 속 드래곤 로드의 정신체, '리시스 라덴쥬'와는 달랐다. 자잘한 차이가 속속들이 눈에 보였다. 하나 그것들을 다 차치하더라도, 가장 큰 차별점이 존재했다.

'색깔.'

리시스 라덴쥬는 붉은 가죽과 비늘을 지녔다.

용언서의 설명에 따르자면 '붉은 용 일족'.

하지만 저기 저 드래곤은 달랐다.

거의 황금색에 가까운 가죽.

그리고 비늘을 가졌다.

'내가 시간을 되돌릴 수 있었던 계기.'

용언서의 내용에 따르자면 그랬다.

모든 시간과 흐름을 관장하는 드래곤.

하여, 이안이 가장 먼저 연구했던 드래곤.

'황금 용 일족.'

바로 그 황금색 용이 날아오고 있었다.

저 머나먼 회색빛의 하늘에서부터.

(시간의 흐름을 되돌린 존재여.)

모든 드래곤들의 수장.

'리시스 라덴쥬'와는 다른 목소리.

몇 중으로 중첩된 목소리가 들려왔다.

하지만 그 내용이야말로 더더욱 중요했다.

'내가 회귀자란 사실을 알고 있다.'

상대는 시간과 밀접한 관계를 가진 골드 드래곤이다. 그럴
거라 충분히 짐작하긴 했지만, 그래도 놀라운 것은 어쩔 방
도가 없었다.

(언어의 힘을 말할 수 있는 자여.)

저 골드 드래곤 역시 '용언'이란 표현을 사용하지 않았다.
단지 '언어의 힘'이라고만 칭했다. 그 부분만큼은 리시스 라
덴쥬와 똑같았다.

(많이 당황했으리라 짐작한다.)

"……."

전혀 이안의 놀란 가슴을 염려하는 말투가 아니었다. 오히
려 당황해 주기를 바라는 말투에 가까웠다. 그러나 지금은
드래곤의 말투 따윈 중요하지 않았다.

'대체 왜 드래곤이 나타난 거지?'

복수의 완성이 목전까지 다가온 상황.

이런 순간에 등장한 골드 드래곤.

전혀 조합해 볼 수가 없었다.

저 골드 드래곤과 라그나르.

둘은 아무런 관계도 없었으니까.

"정말 드래곤이십니까? 정신체가 아니라?"

(보이는 그대로다.)

"오래 전에 사라졌다고 들었는데."

(우린 사라지지 않았다. 지켜볼 뿐이지.)

"무슨 뜻입니까?"

(대답해 줄 의무는 없다.)

그 대답과 함께 기이한 힘이 이안의 정신을 속박했다. 의지 자체가 사라져 버렸다고 표현할 수 있었다. 더는 드래곤의 행방과 관련된 질문을 물어보고 싶지 않았으니까.

'이것도 용언…… 아니, 언어의 힘인가?'

가히 혀가 내둘릴 정도의 마법이었다.

이안의 마법 저항력은 인중 최고 수준.

그런 자신을 이토록 무력하게 만든다?

진정한 드래곤의 힘이 느껴졌다.

'정신체 하나 쓰러뜨렸다고 좋아할 수준이 아니었군.'

이안의 생각이 거기까지 도달했을 때.

골드 드래곤의 목소리가 이어졌다.

(그대가 언어의 힘으로 시간을 되돌렸다는 사실을 알고 있다. 물론 나무랄 생각도 없다. 그대 역시 언어의 힘을 허락받은 존재, 타고난 권능을 행사했을 뿐이니까.)

"그건 다행이군요."

(단.)

골드 드래곤의 첨언이 이어졌다.

(그대는 한계에 도달했다.)

"한계?"

(수많은 운명이 그대의 손아귀에 바뀌었다.)

"알아들을 수 있게 설명해 주십시오."

(그대가 언어의 힘으로 시간을 되돌렸듯, 나 또한 언제든지 시간을 되돌릴 수 있다. 하나 함부로 사용하지 않는다. 까닭을 알고 있는가?)

"일회용이라서?"

용언서에서 사라진 황금용 일족의 언어.

이안은 그 기억을 떠올리며 대답했다.

(일회용? 힘을 잃고 소실된 언어를 말하는 건가?)

"아닙니까? 그럼, 글쎄요. 모르겠습니다만."

(짐작은 되겠지.)

"……."

드래곤의 말은 틀리지 않았다. 이안도 짐작은 하고 있었다. 한계니 운명이니, 함부로 사용하지 않는 까닭이니 떠드는데 어찌 모르겠는가? 눈치채지 못하는 게 더 이상하다.

"무슨 부작용이라도 존재하는 겁니까?"

(바로 그 문제를 경고하고자 왔다.)

이안이 마른침을 꿀꺽 삼켰다.

회귀와 관련된 여러 부작용.

이따금 생각해 본 적은 있었다.

그저 실존하지 않을 거라 믿었을 뿐.

(우리는 그 부작용을 '시간의 수호'라 부른다.)

"시간의 수호……?"

(다시 한번 말하건대, 그대는 이미 한계에 도달했다. 또다시 큰 흐름을 멋대로 바꿔 버린다면, 그 순간부터 그대의 운명은 걷잡을 수 없는 소용돌이 속으로 휘말리게 되겠지.)

걷잡을 수 없는 소용돌이. 추상적인 표현에 불과했으나, 이안은 곧잘 이해할 수 있었다. 지금 라그나르까지 죽인다면 그 '시간의 수호'라는 부작용이 발동하기 시작할 거란 얘기였다. 쉽게 말해 앞으로의 삶이 꼬인다는 얘기일 터.

"잠시, 하나만 먼저 여쭙겠습니다. 그 시간의 수호라는 부작용, 저에게만 해당하는 겁니까? 아니면 뭐 주변 사람들이 휘말린다거나, 세상 자체가 뒤집혀 버린다거나, 그런 포괄적인 문제까지 일어나는 겁니까?"

(시간의 수호는 철저히 해당자, 즉 그대의 운명에 한한다.)

골드 드래곤의 단호한 대답.

그나마 불행 중 다행이었다.

또한 직감할 수 있었다.

'수상해.'

세상 전체와 직결된 문제도 아닌, 일개 인간 하나의 운명에 대하여 경고를 하고자 몸소 행차하셨다? 수백 년간 사라졌던 드래곤이 직접?

'내 삶에 지나칠 정도로 개입하고 있어.'

첫 번째 삶과 확연하게 달라진 두 번째 삶. 특히 저 드래곤이란 존재와 필요 이상으로 엮이고 있었다. 이 모든 경우가 단지 우연은 아닐 터.

'분명 연관이 있다.'

용언서로부터 시작된 두 번째 삶.

필시 드래곤들과 연관이 있으리라.

생각할수록 확신이 생기는 이안이었다.

'이래서 그런 말을 남긴 건가.'

자꾸만 환술 속 남자의 말이 떠올랐다.

절대로 드래곤을 믿지 말라던 그 말. 허언은 아닌 것 같았다. 꺼림칙함이 느껴졌다.

"……그러니까."

생각을 차곡차곡 정리해 낸 이안.

그가 신중한 어조로 입술을 뗐다.

"시간의 수호, 그 부작용에 당하기 싫으면 지금부터라도 쥐 죽은 듯이 살아라, 아무런 변화도 일으키지 마라. 이런 말씀을 하시는 겁니까?"

(나쁠 건 없지 않은가? 그대는 이미 죽은 어미를 살렸고, 한평생 누리며 살 수 있는 기반까지 다졌다. 몇 가지 우연과 필연이 더해져 전생에는 없었던 가족과 친구도 생겼지. 한데 무엇이 더 필요하지? 만족하고 살아가면 그만일 터.)

골드 드래곤이 달콤한 말을 쏟았다.

또한, 꾸밈없는 사실이기도 했다.

이대로 행복한 삶을 영위한다?

충분히 그럴싸한 얘기였다.

하지만.

"참 줄줄이 꿰고 있으시군요."

(…….)

"관음하는 취미라도 있으십니까?"

그렇다.

회귀로부터 얻어낸 이안의 두 번째 삶.

전생과는 확연하게 달라진 모든 행보.

그 일거수일투족을 모조리 꿰고 있었다.

저 골드 드래곤이라는 작자가 말이다.

"바꿔서 묻죠. 제게 바라는 것이 뭡니까?"

(없다. 경고하려 왔을 뿐이다.)

"그럼 그 경고는 왜 하시는 겁니까?"

(설명하지 않았나? 시간의 수호가 그대의 운명을…….)

"제 걱정을 왜 드래곤께서 하시냐는 얘깁니다."

이안의 목소리에 날이 바짝 섰다. 상대는 무려 '진정한 드래곤'이다. 마음만 먹으면 이안을 수십 조각으로 찢어 죽일 힘이 있을 거다.

그럼에도 이안은 당당했다. 확신할 수 있었으니까. 이처럼 직접 찾아와 부작용을 경고할 정도로 애지중지 다루며, 두 번째 삶의 일거수일투족을 모조리 꿰고 있다. 이 모든 것이 단순한 호의일 가능성은 제로에 가깝다.

(대답할 의무는 없다.)

"또 그 소립니까."

하나 그 말의 힘은 엄청났다. 행방에 대한 의문을 품었을 때와 마찬가지였다. 더는 이 문제를 논할 수가 없었다. 눈앞에 드래곤이 사라져 줘야 생각이라도 가능할 것 같았다.

"……꽤 편리한 마법을 부리시네요."

(나는 그대에게 경고를, 상응하는 기회를 주고자 왔을 뿐이다. 이외의 것은 논할 가치가 없다. 시간의 낭비이며, 정신력의 헛된 소모다.)

"기회?"

이안의 되물음과 동시에, 커다란 골드 드래곤의 육신으로부터 뿜어진 황금빛 마나가 회색 세상을 휘감았다. 그 빛이 점차 강해져 눈조차 뜰 수 없는 지경까지 이르렀다.

(잡념은 버려라. 경고를 허투루 듣지 마라. 주어진 기회를 신중하게 사용하라. 이것이 내가 그대에게 해줄 수 있는 유일한 충고이자, 시간의 수호로부터 벗어날 수 있는 마지막 기회이니.)

얼마나 두 눈을 감아야 했을까?

이윽고 강렬했던 황금빛이 사라졌다.

골드 드래곤의 모습도 마찬가지였다.

세상 역시 본연의 색깔을 되찾았다.

사람들 또한 움직이기 시작했다.

단지.

"……말씀드리지 않았습니까? 아바마마. 저를 용서하지 마시라고."

"라그나르……."

"그럴 필요도, 바라지도 않는다고."

창밖으로 떨어졌던 라그나르.

놈이 눈앞에 멀쩡히 서 있었다.

아까 전과 똑같은 상황이 펼쳐졌다.

'시간이…… 되돌려졌다?'

이안은 어렵지 않게 파악해 냈다.

아마 골드 드래곤의 권능이겠지.

'설마 이게 기회인가.'

드래곤이 말했던 '마지막 기회'.

그 또한 쉬이 유추해 볼 수 있었다.

'죽음을 막으라고?'

흐름에 막대한 영향을 끼치는 라그나르의 죽음을 막고, 시간의 수호란 부작용에서 벗어나 아무런 문제없이, 무탈한 삶을 영위하며 살아라. 아마 그 '기회'의 뜻은 이러할 터.

'무탈한 삶이라⋯⋯.'

제법 구미가 당기는 선택지였다. 라그나르를 죽이지 않고 얻는 무탈함? 행복? 문제될 건 없다. 죽이지 않고 처리할 방법이야 얼마든지 있으니까. 다만, 진정한 문제는 라그나르 따위가 아니었다.

'의심스러워.'

그래, 그 한마디면 충분했다.

실로 모든 것이 의심스러웠다.

의심스러운 이번 삶의 변화도, 의심스러운 드래곤들의 개입도, 의심스러운 부작용의 사실 여부도, 의심스러운 환술 속 마법사까지.

'전부 다.'

깊은 고민에 잠긴 이안.

한 줌 갈피조차 잡히지 않았다.

도대체 무엇을 믿어야 할까?

도대체 무엇을 불신해야 할까?

도대체 어떤 결론을 내려야 할까?

'믿자.'

무엇을?

'나를 믿자.'

깊으면서도 찰나였던 고민.

이안의 결론은 그러했다.

'휘둘리지 말자.'

누군가에게 휘둘리는 삶.

이미 경험해 보지 않았던가?

드래곤도, 최초의 마법사도.

더는 허락할 수 없었다.

'이번 삶은.'

이안이 감았던 두 눈을 떴다.

동시에 라그나르가 창밖으로 투신했다.

현 황제의 간절한 울부짖음도 들려왔다.

'내가 걷는 길이 정답이다.'

창밖으로 추락하기 시작한 라그나르.

그와 함께 뛰어내린 또 다른 청년.

이안 페이지가 주문을 읊조렸다.

"페더 폴."

저속낙하 주문이 라그나르에게 걸렸다. 당장 혀를 깨물고

자진할 수 없도록 턱까지 부여잡았다. 라그나르를 살리기 위해서? 아니, 이안은 놈의 생존을, 나아가 실존 여부조차 불투명한 현상으로부터 도망치는 것을 원치 않았다.

"이왕 얻어낸 기회니까."

"읍……! 으읍……!"

"메모리 트랜스퍼."

이안의 두 눈이 라그나르와 맞춰졌다.

녹색 마나가 눈과 눈으로 연결되었다.

기억의 일부분을 공유할 수 있는 마법.

메모리 트랜스퍼, 기억 전달.

"……!"

몇 초도 채 지나지 않았다. 라그나르의 눈이 튀어나올 듯 커다래졌다. 단순한 놀라움의 표시가 아니었다. 밀려오는 기억, 그 낯선 경험에 대한 생체적인 반응이었다.

"네가 왜 죽는지는 알아야겠지."

"너…… 네놈……?"

아직 불완전에 가까운 기억일 터. 하나 대략적인 판단은 가능할 거다. 라그나르는 아주 똑똑한 놈이니까.

"그때 했던 말, 그대로 돌려줄게."

이안이 자그마한 소리로 속삭였다.

잡았던 라그나르의 턱도 풀어줬다.

대신, 한 가지 마법을 걸었다.

"나를 원망해. 용서하지도 말고."

저속 낙하 주문과 함께 천천히 추락한 이안과 라그나르. 두 사람이 지상에 착지했을 때, 라그나르의 숨은 이미 끊어진 직후였다.

젊은 상아탑주가 5황자를 구하고자 했지만, 궁지에 몰린 5황자의 선택은 투신으로 그치지 않았고, 결국 혀까지 깨물어 버렸다. 혓바닥 일부가 뜯겨 나갈 정도로 강하게 물어뜯었으니, 애당초 죽음을 피할 길은 없었으리라.

세상에는 분명, 그렇게 알려졌다.
역사에는 분명, 그렇게 기록되었다.

황금빛의 가죽과 비늘을 가진 드래곤.
그 거대한 존재가 하늘로 치솟았다.
얼마나 높이, 또 오랫동안 날았을까?
곧 구름 위에 감춰졌던 땅이 나타났다.
이안이 환술 속으로부터 찾아냈던 평야.
구름과 함께 노니는 '부유의 땅'이었다.
"생각보다⋯⋯."
드래곤이 부유의 땅에 착지하는 순간.

커다란 몸뚱이가 작아지기 시작했다.
뿐일까? 인간의 형태까지 이루어냈다.
"감정적인 녀석이군."
다소 못난 편에 속하는 얼굴.
밝은 갈색의 머리칼까지.
그는 명백한 인간이었다.

8장
조공

"휴우……!"

어딘가 지쳐 보이는 골드 드래곤, 혹은 갈색 머리칼의 남자가 부유의 땅 한구석 낭떠러지에 걸터앉았다. 환술 속에서 이안을 맞이했을 때와 똑같은 자리, 똑같은 자세였다.

"목표를 잃고 안주해 버리면 어쩌나, 걱정했는데."

그의 가벼운 손짓에 황금빛 마나가 허공으로 뿜어졌다. 그 마나는 곧 사람의 형상을 이루어냈는데, 놀랍게도 이안의 모습과 똑같았다. 단순한 형상이 아니었다. 계속 움직였고, 입술도 뻐끔거렸다. 마치 실제 행동을 실시간으로 전송받는 것 같았다.

"내 성격을 빼닮아서 다행이란 말이지."

이안을 향한 남자의 눈빛이 미묘해졌다. 딱히 호의가 있는 것 같지는 않았는데, 적대적인 눈빛도 아니었다. 굳이 비유하자면, 특이하게 생긴 돌을 관찰하는 눈빛과 흡사했다.

"하지만 부족해."

그가 돌연 낮아진 어조로 속닥거렸다.

절대 이안에게는 들리지 않을 소리.

한데도 혼잣말을 멈추지 않았다.

"계속, 조금만 더 빨리 성장해 다오."

혼잣말을 하면 할수록 이안의 황금빛 형상이 희미해져 갔다. 뿐일까? 남자의 몸뚱이 역시 형상과 함께 흐릿해지기 시작했다. 분신이 사라질 때와 비슷한 모양새였다.

"너는 아직 할 일이 많으니까."

남자 또한 자신의 소멸을 느꼈다.

눈으로 확인해 볼 필요조차 없었다.

이미 익숙했으니까.

"이거야 원, 불편해서 살 수가 없네."

푸념 섞인 한마디와 함께 지상을 내려다봤다. 잘 보이지 않을 정도로 높다란 상공이었지만, 그는 아랑곳하지 않고 지상의 만물을 하나하나 눈 속에 담았다.

"다시 보려면, 또 얼마나 기다려야……."

그 마지막 말에 마침표를 찍지 못한 채.

남자의 모습이 신기루처럼 사라졌다.

더는 어디서도 찾아볼 수가 없었다.

드래고니안 에반투스의 추적.

시간의 보고에서의 백여 일.

콜드우드 제국과의 긴장 해소.

현 황제의 건강 악화와 회복.

패륜아, 라그나르의 죽음까지.

실로 숨 막혔던 시간을 넘어서.

모든 것이 하나둘 정리되어 갔다.

특히 5황자 라그나르의 사망에 대한 후처리는 의외일 정도로 철저히 진행되었다. 세상 그 누구보다 5황자의 죽음을 슬퍼했던 황제였으나, 세상 그 누구보다 냉정하게 5황자의 죽음을 처리했다.

오직 황제 시해범이란 죄목으로 다스렸고, 어떠한 혐의도 지워주지 않았다. 황족의 죽음을 애도하는 국가적 장례조차 없었다.

이후, 5황자를 부추긴 정황이 드러난 제1 황실 기사단장 덤필 모릿과 황성 귀족 오번 파커는 극형을 면치 못했다. 뿐만 아니라 가문과 식솔 또한 모든 재산과 특권을 몰수당하고 말았다. 그들은 끝까지 억울하다며, 모든 건 용의 자손이란 괴물이 시킨 짓이라며 울부짖었지만, 헛소리로 치부될 뿐이었다.

또한 레디오와 더글라스는 그 공로를 인정받았다. 의문의 독으로부터 황제의 목숨을 구해내지 않았던가? 물론 이안의 공로가 누구보다 컸으나, 표면적으로는 이 연금술 부자의 활약이 가장 큼지막하게 부각되었다.

못마땅하게 여겼던 황실 연금술사들조차 이제는 레디오의 이름을 칭송할 지경에 이르렀다.

황제는 그런 레디오와 더글라스에게 걸맞은 대우와 상을 내리고자 했지만, 그보다 중요한 문제로 하여금 논공행상은 미루어졌다. 레디오 자신을 마나 중독으로부터 구해낼 치료제, 바로 그 '꽃잎'의 연구에 돌입해야만 했으니까. 그러한 자초지종을 이안이 황제에게 설명해 줬고, 황제 역시 흔쾌히 받아들였다.

"완성된 겁니까?"

"……일단 이론상으로는 완벽합니다."

이안의 물음에 레디오가 침을 꿀꺽 삼키며 대답했다. 란데오르의 꽃잎에 관한 연구는 그 줄기와 잎사귀를 연구할 때보다 며칠 더 빠르게 끝났다. 물론 성공적이었다. 적어도 레디오와 더글라스의 지식으로는 완벽한 해독제였다.

"왜 그렇게 망설이세요?"

옆에서 지켜보던 이안의 어머니.

베네사가 조심스럽게 물었다.

"그, 그것이……."

"편하게 말씀해 보셔요."

"거, 겁이 조금…… 납니다."

"겁이라니요?"

레디오가 잠시 말문을 멈췄다. 대신 저택 내 모든 사람들의 눈을 바라봤다. 한 지붕에서 살아 온지 어느덧 6년하고도 절반, 이제는 한 가족이나 마찬가지인 사람들. 그들을 확인하고 나니 복잡했던 마음도 조금 진정되었다.

"만약 이 치료제마저 실패로 끝난다면…… 영영 고칠 수 없을 것 같다는 예감이 듭니다. 그런 불길한 생각이 자꾸만……."

가히 완벽에 가까운 치료제.

그 완벽함이 문제라면 문제였다.

이 완벽한 치료제조차 실패한다면?

여전히 중독을 치료해 낼 수 없다면?

과연 이 이상의 치료제가 존재할까?

자신의 손으로 만들어낼 수 있을까?

"걱정하지 마세요."

부들부들 떠는 레디오의 손을 베네사가 잡아주었다. 그 조막만한 손으로부터 따스한 체온이 레디오에게 전해졌다.

"다 잘될 거예요."

그리 말하며 이안을 쏘아보는 베네사였다. 말하지 않아도 눈빛에서부터 의미가 느껴졌다. 빨리 무슨 말이라도 꺼내보라는 '엄명'이 여실 없이 느껴진다는 얘기다.

"……맞습니다. 너무 걱정하지 마십시오."

이안이 어머니의 명을 충실히 이행했다.

그런데 이 상황에서 뭐라고 말해야 하지?

잠시 고민했던 이안이 고개를 주억거렸다.

"제가 더 오래 살 테니까요."

이안은 나름 진지한 어조로 말했다. 좋은 뜻까지 내포된 말이었다. 레디오보다 이안 자신이 더 오래 산다, 이게 무엇을 의미하겠는가? 만약 실패하더라도 죽을 때까지 마나 중독의 부작용을 다스려 주겠다는 얘기였다. 참으로 감동적인 약속이리라.

"……."

하나 그것은 이안의 착각에 불과했다.

어머니 베네사의 표정이 어두워졌다.

더글라스의 표정도 다를 바 없었다.

"……그렇긴 하겠네요."

한데 정작 레디오의 반응은 나쁘지 않았다.

걱정으로 가득했던 표정이 한결 풀어졌다.

"평생 이안 님께 붙어먹는 것도 나쁘진 않겠습니다. 아니, 오히려 좋겠네. 제국 최고의 실세가 내 인생을 끝까지 책임져준다니!"

아무래도 이안의 위로 아닌 위로가 통해 버린 모양이었다.

"그럼 실패하든 성공하든. 앞으로도 잘 부탁드리겠습니다. 대륙 최고의 실세, 상아탑의 주인, 제 평생의 보호자. 이안 페이지 님."

"좋은 약만 계속 만들어주신다면, 얼마든지요."

"하하, 이를 말씀이십니까?"

이안이 의기양양한 표정으로 어머니를 바라봤다. 그녀는 두 남자의 살짝 제정신이 아닌 것 같은 대화를 바라보다가, 이내 화사한 미소부터 되찾았다.

"자, 그럼……."

레디오가 천천히 약그릇을 잡았다.

치료제는 약병이 아닌 그릇에 담겼다.

희미한 자줏빛으로 맴도는 액체였다.

"마, 마셔보도록 하겠습니다."

이윽고 자줏빛 액체가 레디오의 목구멍을 타고 넘어갔다. 제법 많은 양이었기에 목젖이 네 번은 벌컥거려야 했다.

벌컥 벌컥, 벌컥 벌컥.

가득했던 약그릇이 바닥을 내보였다.

더불어 레디오의 몸뚱이가 휘청거렸다.

뜨거운 땀방울이 비 내리듯 쏟아졌다.

피가 빠르게 돌며 후끈 달아올랐다.

"후욱……!"

뜨거운 숨을 뿜어낸 레디오.

마나 중독의 핵심은 바로 혈관이다. 그 혈관에 마나 찌꺼기가 남아 평생토록 '마나 브레인'을 괴롭히는 증상, 그게 바로 마나 중독이니까. 이안의 마법으로도 지워낼 수 없는 그 희미한 찌꺼기를 치료제가 씻어주느냐 마느냐, 그것이 관건이리라.

"후우욱……! 후욱……!"

레디오의 거친 숨은 한동안 계속 이어졌다. 열기가 오르는 이상 참아낼 수 없는 숨소리였다. 저택의 모두가 그 변화를 숨죽이고 지켜봤다.

"크으으……!"

레디오가 마지막 숨을 내뱉었다.

들끓었던 가래침도 함께 뱉어냈다.

피 섞인 침이 약그릇 위로 떨어졌다.

"……."

이제 몸 상태를 확인해 볼 차례였다. 과연 혈관 속 마나의 찌꺼기가 지워졌을까? 아니면 그대로 달라붙어 있을까. 방법은 생각보다 간단했다. 일단 조용히 기다려 보면 된다.

"두통이……."

마나 중독의 가장 기초적이자 만성적인 증상은 두통, 마나 브레인으로부터 느껴지는 특이한 두통을 죽을 때까지 달고 살아야 한다. 레디오야 워낙 적응되어 버린 탓에 바로 느끼기가 어려웠지만, 그것도 아주 잠깐일 뿐이었다.

"……사라졌습니다."

레디오를 평생토록 괴롭혔던, 나아가 적응까지 할 정도였던 고질적인 두통, 그 마나 중독의 증상이 깨끗하게 사라져버렸다. 혹시나 해서 조금 더 기다려봤으나, 결과는 마찬가지였다. 그야말로 완벽했다.

"아…… 아빠!"

가장 먼저 반응한 것은 더글라스였다.

닭똥 같은 눈물을 뚝뚝 흘리기 시작했다.

한평생 아비의 고통을 봐왔던 아들이다.

어찌 기쁘지 않을 수가 있겠는가?

"더글라스……."

두 부자가 눈물의 기쁨을 나눴다. 자신이, 혹은 아비가 병마로부터 벗어났다는 기쁨. 병에 걸린 자부터 그를 지켜보는 이들까지, 더 이상 고통받지 않아도 된다는 해방의 눈물이었다.

"흐윽……!"

심지어 베네사조차 눈물을 흘렸다.

저택은 그야말로 울음바다가 되었다.

'나도 울어야 하는 분위긴가?'

잠시 그러한 고민에 휩싸였던 이안.

그가 피식 웃으며 자리를 비켜줬다.

"음?"

조용히 서재로 들어가려는 찰나, 울음바다 멀찍이 분홍색 고양이 한 마리가 보였다. 그 고양이는 전혀 관심이 없는 척하면서도, 힐끔힐끔 울음바다의 현장을 바라봤다.

"여왕님."

(…….)

이안이 가까이 다가오자 무려 '잠든 척'을 시도하는 그녀였다. 저들을 바라보고 있었다는 사실이, 정확히 표현하자면 '흐뭇하게' 바라보고 있었다는 사실이 영 창피한 모양이었다.

"왜 여기서 주무시고 계십니까?"

(흠흠! 누가 잤다는 게냐?)

이안의 한마디에 곧바로 일어나는 그녀였다. 계속 잠든 척해봐야 본전도 건질 수 없다는 사실을 깨달아 버린 탓이다.

(이제 저 인간 연금술사도 하찮은 병을 이겨낸 것 같으니, 슬슬 그분이 계신 곳으로 갈 수 있는 비약, 그 붉은 용의…… 그거나 얼른 만들어 대령하라고 전해라. 어서!)

"금방입니다. 조금만 더 기다려 주세요."

이안은 그리 말하며 울음바다의 현장을 슬쩍 가리켰다. 저렇게까지 좋아하고 있는데 조금만 더 기다려달라는 뜻이었다. 페어리 퀸도 딱히 독촉할 생각은 없었던 모양인지, 이안을 향해 콧방귀나 한번 흥 뀌고는 자신의 방으로 들어가 버렸다.

"흐음."

이안 역시 그길로 서재에 들어갔다.

의자에 앉자마자 상념 속으로 빠졌다.

'드래곤이라……'

복수는 틀림없이 성공했다. 그럼에도 썩 시원하지가 않았다. 복수의 끝은 허망하기만 하다, 뭐 그런 부류의 빤한 헛소리는 아니었다. 라그나르를 향한 복수의 성공 자체는 진심으로, 정말 진심으로 짜릿했으니까.

'역시 그 드래곤들이 문제야.'

목에 걸린 가시, 라그나르 그린리버를 성공적으로 치워냈다. 한데 이번에는 가시가 아닌, 새로운 돌덩이 하나가 목구멍을 틀어막았다. 바로 '드래곤'이라는 이름의 돌덩이였다. 어찌나 염병할 정도로 거대한지, 목구멍이 답답하다 못해 터져 버릴 지경이었다.

'당장에라도 치워 버리고 싶지만.'

지금의 이안으로서는 턱도 없는 일.

가루가 나지 않으면 다행일 것이리라.

아예 육신이 증발해 버릴 수도 있겠다.

"하아……"

서재가 떠나가라 내쉬어진 한숨, 비단 그럴 수밖에 없었다. 그 무지막지한 드래곤들을 적대시하는 것이 옳은 판단일까? 얼마나 더 강해져야 드래곤으로부터 자유로울 수 있을까? 온갖 고민과 생각들이 머릿속을 헤집었다.

'확실한 건.'

그래도 딱 하나.

확신할 수 있는 것이 존재했다.

놈들은 이안을 해칠 생각이 없다.

적어도 지금 당장에는 말이다.

보호해주는 느낌마저 들었다.

'아직 여유가 있다.'

이안의 생각이 거기까지 닿았을 무렵.

굳게 닫힌 문이 똑똑똑 두들겨졌다.

저택에 얼마 남지 않은 하녀.

그중 한 명인 에밀리였다.

"이안 님. 저택 밖에 손님께서 오셨습니다."

"손님?"

이안이 고개를 갸웃거렸다. 올만 한 사람 중 '손님'이라 칭할 만한 이는 없었다. 황태자가 왔다면 황태자가 왔다, 상아탑의 마법사들이 왔다면 마법사가 왔다고 정확하게 표현해 줬을 테니까.

"콜드우드 제국에서 오신 분들이라고 하는데……."

콜드우드의 방문이라면 이안도 알고 있었다. 황제의 쾌차를 축하하는 의미로 보낸 사절단이라나 뭐라나? 얼마 전까지만 해도 그 건강 악화를 빌미 삼아 전쟁까지 꾸몄던 놈들 주제에.

'참 낯짝도 두껍단 말이지.'

문제는 그 사절단 방문이 어째서 이안의 저택까지 이어지느냐는 거다. 도착했으면 응당 황궁을 찾아가 황제부터 알현하는 것이 도리일 터. 전혀 이해가 되지 않았다.

"돌려보낼까요?"

"제가 나가보죠."

에밀리를 멈춰 세운 이안이 직접 저택 바깥으로 나섰다.

"……?"

그리고 곧 당황할 수밖에 없었다.

이안의 저택을 찾아온 콜드우드인.

그들은 고작 한두 명이 아니었으니까.

"이게 다……."

어디 사람만 한두 명이 아닐까?

무언가가 잔뜩 실린 '짐수레'도 많았다.

대저택 앞 공터를 가득 채울 정도였다.

"오오! 이안 님 아니십니까!"

이안이 당혹감에 빠진 그때, 익숙한 목소리가 들렸다. 낯익은 얼굴도 함께였다. 물론 그는 콜드우드인이 아니었다. 바로 '포이언 상단'의 주인이자 용언서 출품을 도와줬던 상인, '로베르토 포이언'이 불룩한 뱃살을 출렁이며 다가왔다.

"그날 이후로 처음이지요? 한동안 소식이 없으셔서 무슨 일이라도 생기신 건가 걱정했는데, 그새 또 대단한 활약상을 남기셨더군요! 역시 이안 님이십니다."

로베르토의 아부 섞인 인사에 이안도 대충 인사를 건넸다. 하지만 인사가 끝났다고 해서 의문이 풀리는 건 아니었다. 다시금 지천에 깔린 짐수레들을 바라보며 말했다.

"이게 다 무엇입니까?"

"아! 그것이, 그…… 귀를 좀 빌려주시겠습니까?"

허락을 구한 로베르토가 이안의 귓가에 속삭였다.

"간단하게 설명을 올리자면, 콜드우드 제국의 황태자 전하께서 개인적으로, 다시 한번 말씀드리지만 아주 개인적으로 이안 님께 보내신 선물입니다."

"선물?"

이안이 반사적으로 말했다. 콜드우드 제국의 황태자가 보낸 선물이란다. 무슨 뜻인지 단번에 알아챌 수 있었다. 바꿔서 말하자면 뇌물, 아니, 조금 더 그럴싸한 표현이 존재했다. 이안도, 상인 로베르토도 지금쯤 떠올리고 있을 바로 그 표현.

'조공이지.'

한 국가가 국가로 보내온 조공이 아닌.

오직 이안에게만 맞춰진 조공이었다.

"콜드우드의 황태자 전하께서 소인과 소인의 상단에게 따로 부탁하셨습죠. 아무래도 저희가 양국을 오가며 활동하는 대표적인 상단인지라, 이안 님과도 인연이 닿아 있고 말이죠."

포이언 상단은 그린리버와 콜드우드의 국경선, 모그리안

영지로부터 시작된 상단이었다. 여러 상단과 차별화를 두고자 국가 간의 교역을 시도했고, 그 결과 양국 모두에서 꽤 탄탄한 입지까지 다져둔 상태였다.

"이안 님께서도 놀라실 겁니다. 아주 다양하거든요. 보석이며 황금이며, 콜드우드 특산품도 많고, 그쪽 황실에서 직접 엄선된 것들까지. 먼저 이쪽 수레를 보시면……."

상인 로베르토가 짐수레를 하나하나 지목하며 콜드우드의 황태자, 헥토르 콜드우드의 조공들을 설명하기 시작했다.

'이것 봐라?'

그 설명을 들으면 들을수록, 이안은 한 가지 확신을 가질 수 있었다. 동시에 헥토르 콜드우드의 노림수까지 파악해 냈다.

놈은 조공이랍시고 단순한 재물이나 보낸 것이 아니었다. 물론 재물도 많았으나, 그것은 전체 물품 중 2할 정도에 그쳤다.

'대부분 내가 아니라…….'

이안은 대륙적인 유명인이다.

그만큼 소문도 무성하게 돌았다.

수식어 또한 한두 가지가 아니다.

그중 하나가 바로 '지극한 효자.'

'어머니를 위한 물건들이군.'

그랬다.

콜드우드의 황태자, 헥토르 콜드우드가 보내온 조공, 그것들은 대부분 귀부인을 위한 최고급 장신구, 최고급 향수, 명성 높은 디자이너의 드레스와 같은 '미용 용품'이었다.

뿐만 아니라 여인의 몸에 좋다고 소문난 콜드우드의 특산물부터 약재, 엘릭서까지. 그야말로 이안 페이지의 취향을 자극하는 '맞춤형 조공'이었다.

'머리 좀 썼네.'

이안이 감탄한 듯 고개를 끄덕거렸다.

설마 이런 식의 조공일 줄은 꿈에도 몰랐다.

"콜드우드 제국의 귀부인들도 쉽게 구할 수 없는 물건들이지요. 그린리버 쪽에서는 아예 공수조차 불가능한 것들이 대다수입니다."

아마 평범한 금은보화의 행렬이었다면 이안은 시큰둥했을 거다.

재물? 이미 차고 넘치니까.

저택의 창고에도, 전 상아탑주 허버트로부터 획득한 포탈의 서책 너머 지하 창고에도, 페어리들의 보금자리에도, 하물며 이제 마음만 먹으면 에반투스가 발견했다는 드래곤 레어의 창고조차 이용할 수 있다. 다다익선도 다다익선 나름 아니겠는가? 한데 헥토르는 이안을 보란 듯이 만족시켰다.

"그리고 이것은……."

조공들을 설명하던 로베르토의 발걸음이 짐수레 너머 마

차 앞에 멈췄다. 그러더니 마차 안쪽 깊숙이 모셔둔 보관함 하나를 끄집어냈다. 푸른색 비단이 보관 중인 함이었다.

"비단이네요."

"평범한 비단이 아니지요."

로베르토가 비단을 꺼내 펼쳤다.

일단 겉모습은 여전히 평범했다.

도대체 뭐가 평범하지 않다는 걸까?

"콜드우드의 황태자 전하께서 제게 그런 말씀을 남기셨습니다. 이 비단은 콜드우드 황실에서 오래도록 보관해 온 마법의 비단이니, 분명 이안 님께서도 마음에 드실 거라 하시더군요."

마법의 비단이라.

로베르토의 설명이 이어졌다.

"그 옛날 아티팩트의 재료로 사용되었을 비단이 아니겠느냐 하는, 콜드우드 쪽 마탑 마법사 분들의 추측이 있었다고도 하셨습니다."

"아티팩트의 재료?"

이제야 시큰둥했던 이안의 눈빛이 생기를 되찾았다. 아티팩트의 재료로 사용되는 비단이라, 만약 사실이라면 얘기가 좀 달라진다. 충분히 흥미를 자극할 만한 선물이었다.

"한 번 살펴보시겠습니까?"

이안이 푸른색 비단을 건네받았다.

아티팩트는 그야말로 미지에 휩싸인 물건이다. 어떻게 만들어졌는지, 어째서 마나와 공명하는지, 어떠한 이론으로 술식을 발현시키는지 아무도 알지 못한다. 알아낼 방법도 없다. 그런데 어찌 아티팩트의 재료라고 추측을 했을까? 답은 의외로 간단하다.

'마나를 주입시켜 보면 알 수 있지.'

아티팩트는 마나와 공명한다.

그 재료라고 크게 다르진 않을 터.

이안이 비단으로 마나를 주입시켰다.

우우우우웅―!

그러자 기다렸다는 듯 진동하는 비단.

마나와 공명하고 있단 증거였다.

마법의 비단이 확실했다.

"음?"

한데 그뿐만이 아니었다.

비단으로부터 냉기가 뿜어졌다.

희미했으나, 분명 느낄 수 있었다.

'확실히 평범한 비단은 아니다.'

마나와 공명한다.

일말 냉기마저 뿜어낸다.

내제된 주문이 있다는 증거였다.

"어떠십니까? 마음에 드시는지요?"

"……마법의 비단, 맞는 것 같군요."

좀처럼 비단으로부터 눈을 떼지 못하는 이안이었다.

강렬한 호기심이 동해 버렸다. 만약 이 비단을 시작으로 아티팩트 제작의 비밀까지 알아낸다면? 기존의 아티팩트가 아닌, 철저히 이안을 기준으로 제작된 맞춤형 아티팩트를 사용할 수 있다면?

'제법 쓸 만한 선물을 보냈네.'

참으로 재미난 선물 아니겠는가? 동시에 헥토르의 생각도 읽어졌다. 놈은 이 비단을 오랜 세월 연구해왔을 거다. 그러나 통상적인 추측만 가능할 뿐, 가공할 방법은 끝내 찾아내지 못했을 터.

'갖고 있어 봐야 답 없는 애물단지였겠지.'

반대로 남 주기는 아까웠던 고대의 유물이란 얘기다. 한데 그 남이 언제든지 목숨을 취해갈 수 있는 이안이라면 얘기가 달라진다.

하여 이참에 이안의 마음을 살 조공으로 써먹었으리라. 이안쯤 되는 마법사라면 필시 비단의 잠재력에 매료될 테니까.

'놈의 생각대로 놀아나는 꼴이긴 하는데.'

이안보다는 어머니를 향한 선물 공세.

아티팩트의 재료로 추정되는 비단까지.

지금쯤 헥토르는 확신하고 있으리라.

이안 페이지를 구워삶을 수 있다고.

심지어 사실이기도 했다.

'그래도 마음에 든단 말이지.'

그렇다. 그것이 문제였다.

생각보다 마음에 쏙 들었다.

"참, 이것도 받으시지요, 전하께서 이안 님께 보내신 친필 서신입니다."

로베르토가 이안에게 편지 한 통을 건넸다.

콜드우드의 인장으로 봉해진 서찰이었다.

존경하는 대마법사, 이안 페이지 님께.

이안은 장소에 아랑곳하지 않고 황태자의 친필 서신을 펼쳤다.

시작하는 문장부터 나쁘지 않았다. '친애'가 아닌 '존경', 이안 페이지'에게'가 아닌 이안 페이지 '님께'. 어지간히도 자존심을 꺾은, 혹은 아예 지워 버린 흔적들이 빼곡하게 남아 있었다.

일전에는 경황이 없어 제대로 인사조차 올리지 못하였습니다. 하여 이렇게 서신으로나마 올리지 못했던 인사를 드립니다.

목소리가 아닌 글자임에도 극진한 태도가 전해졌다.

흡사 무서운 어른을 대하는 어린아이의 편지처럼 느껴졌다. 권좌를 탐하여 피붙이들조차 모조리 도륙시킨 헥토르 콜드우드가, 그 무자비한 옆 나라 황태자가 말이다.

그날 이후, 저는 일국의 국본으로서 얼마나 부족하고 어리석었는가를 깨닫게 되었습니다. 대륙 일통이라는 허황된 업적에 눈이 멀어 날붙이를 잡았고, 국경마저 침범하고자 했습니다. 만약 이안 님께서 그 잘못된 판단을 꾸짖어주시지 않았다면, 돌이킬 수 없는 과오를 저지르게 되었겠지요.

거기까지 읽었을 때, 이안은 피식 새어 나오는 웃음을 막아낼 도리가 없었다. 놈이 편지를 쓰며 얼마나 부들부들 떨었을지, 그 분노를 어떻게 참아냈을지 궁금할 지경에 이르렀다.

'속으로는 나를 수천 번도 더 죽였겠지. 아예 시체까지 뜯어먹지 않았을까? 현실이었어도 충분히 그럴 놈인데.'

이안은 헥토르 콜드우드를 잘 안다. 방해되는 피붙이들을 몰살시킨 거야 유명한 일화다. 전생의 기억을 더듬어보면 더더욱 가관이다.

통일 전쟁에서 끝까지 저항한 자, 전쟁을 유리하게 끌고 가기 위해서라면 백성 수천의 목숨이야 망설임 없이 희생시키는 자. 사람을 발판이자 도구쯤으로만 여기는 그 잔혹한 성정은, 라그나르보다 더하면 더했지 결코 덜한 존재는 아닐 것이리라.

'그런 놈이 반성의 편지라.'

사람은 쉽게 변하지 않는다. 그린리버의 황태자 하이든 그린리버를 사람 시늉이라도 하게 만드는 데만 6년이 걸렸다. 하물며 그보다 수백 배는 속이 뒤틀린 헥토르 콜드우드가 개과천선을 한다?

'지나가던 개가 웃겠다.'

고개를 절레절레 흔든 이안.

그가 계속해서 편지를 읽어 내렸다.

참 처음부터 끝까지 한결같았다.

거짓된 아부로 점철된 편지였다.

"흐음."

그 아부가 썩 마음에 들지 않았다.

놈의 본성을 알고 있어서 그런 걸까?

그러나 선물이랍시고 보내온 조공들.

저것들만큼은 진심으로 괜찮았다.

"……나도 답신을 해줘야겠지."

"그러시다면 소인이 전달해 드릴까요? 이번 사절단의 모든 안내와 여행 중 편의를 저희 상단에서 책임지고 있습니다. 돌아가는 길에 전해드리도록 하겠습니다."

이안의 중얼거림을 들은 로베르토가 잽싸게 말했다. 그 또한 이안에게 잘 보여서 나쁠 것이 없었다. 오히려 좋은 일만 자꾸 생겼다. 어려웠던 시절 고블린의 시체 처리부터, 그 용언서란 물건을 출품해 준 대가로 상아탑 제1 거래 상단까지 되었다.

'이안 님께서 가는 길에는 항상 돈이 떨어진다.'

심지어 이번 선물 전달을 통해 막대한 수고비마저 챙겼다. 뿐이랴? 콜드우드 제국의 황태자와 안면도 텄다. 로베르토에게 이안이란 그야말로 돈 나는 나무나 마찬가지였다.

"아닙니다. 제가 직접 전달하죠."

"이안 님께서는 워낙 공사다망하신 분 아니십니까? 어찌 서찰을 직접……."

"금방 다녀올게요, 몇 분이면 됩니다."

"……예?"

로베르토는 본능적으로 되물었다.

하나 곧 이안의 말뜻을 이해했다.

공간이동마저 가능케 만든 마법사.

그것이 바로 이안 페이지였으니까.

콜드우드 제국의 황태자.

실상은 황제보다 더한 권력을 휘두르는 헥토르 콜드우드가 집무실에 앉아 있었다. 불과 몇 달 전, 앰버 영지에서 이안을 만났을 때와는 사뭇 달라진 분위기였다. 양쪽 볼이 홀쭉해졌음은 물론, 눈가에 시커먼 그늘마저 내리깔렸다.

"제깟 놈이 대단해 봤자……."

그럴 수밖에 없었다.

공간이동의 마법사, 이안 페이지에게 목숨을 위협당한 이후, 단 하루도 편하게 잠들기가 힘들었으니까. 항상 뜬눈으로 밤을 지새웠다. 어쩌다 잠이 들어도 토끼잠일 뿐, 곧바로 깨어났다. 아니, 깨어나야만 했다.

'아직도 어미의 치맛자락에서 벗어나지 못한 애새끼일 뿐이지. 별 쓸데없는 일에 미친 놈처럼 몰두하는 마법사이기도 하고.'

결국, 헥토르는 특단의 결정을 내렸다. 일단 엎드리자. 자존심이고 뭐고 꿇자. 간, 쓸개 모두 내어주는 한이 있더라도 놈의 주시로부터 도망치자. 그래야 살 것 같았다.

"그러니까 먹고 떨어져라. 제발!"

헥토르의 중얼거림이 속마음과 목구멍을 넘나들었다. 오락가락하다는 표현이 실로 정확했다. 그만큼 정신적으로 피폐해진 상태였다.

"그러죠."

"히, 히익……!"

하마터면 헥토르의 숨이 그대로 넘어갈 뻔했다. 두 번 다시는 듣기 싫었던 목소리, 아직 앳된 주제에 한없이 차가운 목소리가 등 뒤로부터 들려온 까닭이었다.

"떨어져 드리겠습니다."

헥토르가 황급히 뒤를 돌아봤다.

그곳에 이안 페이지가 있었다.

환청일까? 그건 아닌 것 같았다.

환각일까? 역시 아닌 것 같았다.

"사, 살려……."

"아, 오해는 마세요. 선물도 받았겠다, 편지도 받았겠다. 그냥 인사차 온 거니까요."

사실일까? 사실이었으면 좋겠다.

그리 믿은 헥토르의 안색이 조금 풀어졌다. 믿어지지 않아도 믿어야만 했다. 지금 이 상황에서 살아남을 방법이 그것밖에 없었으니까.

"보내주신 선물, 감사히 받겠습니다."

"……."

"진심 어린 편지도 잘 읽었고요."

"그, 그게 끝인가? 아, 아니, 끝입니까?"

"뭐 더 할까요?"

"……!"

이안은 그저 농담처럼 내뱉었을 뿐이었다.

하지만 헥토르는 기겁하기에 이르렀다.

"얼굴이 많이 상하셨군요. 당분간 편히 주무시길."

글쎄.

그가 과연 편히 잘 수 있을까?

아무래도 불가능할 것 같았다.

또한, 이안의 노림수이기도 했다.

놈이 보낸 조공은 제법 괜찮았다. 다만 우쭐함을 심어주기 싫었다.

해서 답신을 핑계로 찾아온 거다. 주기적으로 밟아둘 필요가 있었으니까.

"그럼, 종종 찾아뵙겠습니다."

종종?

지금 종종이라고 했나?

헥토르의 안색이 노랗게 떠버렸다.

to be continued

포텐
POTENTIAL

어떤 사물에는 그것을 오랜 기간 사용한
사람의 잠재된 능력이 고스란히 담긴다.
그리고 난 그것을 사용할 수 있다.

천재 디자이너, 죽은 이도 살리는 명의,
감성을 울리는 피아니스트, 바람기 가득한 첩보원.
그 누구라도 될 수 있다. 단, 애장품만 있다면!

달인의 눈으로 세상을 바라보는,
유쾌한 민호의 더 유쾌한 애장품 여행기!

내 안에 몬스터 있다

형상준 현대 판타지 장편소설

태양의 흑점 폭발과 함께 새로운 시대가 찾아왔다!

마나와 능력자, 그리고 몬스터가 존재하는 현대.
그리고 그곳을 살아가는 마나석 가공 판매업자 김호철.
평소처럼 마나석을 탄 꿀물을 마시던 그는
번개에 맞고 신비로운 힘을 각성하게 되는데…….

'내 안에서 몬스터가…… 나왔다?'

그것도 김호철이 먹은 마나석의 개수만큼 많이.

레벨업 어게인

LEVEL UP
AGAIN

잘은 모르겠지만 과거로 돌아왔다.

최단 기간, 최고 속도 레벨 업, 노블레스 등급 클리어.
생각지 못했던 행운들에 시스템상 주어지는 위대한 이름,
앰플러스 네임까지.

모든 게 좋았다.
사랑했던 여자도 이젠 지킬 수 있을 것 같았다.

[앰플러스 네임 '빛의 성웅'이 성립됩니다.]

그런데 뭐냐. 이 요상한 이름은……?
나 그런거 아닌데. 아 진짜. 아니라니까요.

우지호 장편소설

빅 라이프

돈도 없고 인기도 없는 무명작가 하재건,
필사적으로 글을 써도
절망뿐인 인생에 빛은 보이지 않는데…….

어느 날,
그가 베푼 작은 선의가
누구도 믿지 못할 기적이 되어 찾아왔다!

'글을 쓰겠다고 처음 결심했던 때를
잊지 말게.'

무명작가의 인생 대반전!
지금 시작됩니다.